Fábulas Ferais

exemplar nº 080

capa e projeto gráfico **Frede Tizzot**
preparação do texto **Alba Milena**
encadernação **Lab. Gráfico Arte e Letra**
revisão **Raquel Moraes**
ilustração da capa **Silvia Boriani**

© 2017, Ana Cristina Rodrigues
© 2023, Editora Arte & Letra

R696   Rodrigues, Ana Cristina

Fábulas ferais : histórias dos animais de Shangri-lá, conforme relatadas no atlas ageográfico de lugares imaginários / Ana Cristina Rodrigues. Curitiba : Arte & Letra, 2017.

108 p.

ISBN 978-85-60499-89-2

1. Ficção brasileira. 2. Literatura fantástica. 3. Contos. I. Título.

CDU 82-32

ARTE & LETRA EDITORA

Alameda Dom Pedro II, 44. Batel
Curitiba - PR - Brasil / CEP: 80420-180
Fone: (41) 3223-5302
www.arteeletra.com.br - contato@arteeletra.com.br

Ana Cristina Rodrigues

Fábulas Ferais

Histórias dos animais de Shangri-lá,
conforme relatadas no Atlas Ageográfico
de Lugares Imaginários

Curitiba
2023

O ensurdecedor silêncio dos deuses

*"Vows are spoken
To be broken"*
Enjoy the Silence, Depeche Mode

Em silêncio, lanço as pedrinhas pintadas no chão da cabana. Caprichosas, continuam a não dizer o que quero saber, o que preciso desesperadamente descobrir. Parecem debochar de mim.

Lá fora, a chuva continua a cair, batendo no teto de palha, respingando entre os buracos aqui e ali. Quando a colheita terminar, quando o período de seca chegar, vou pedir a alguém para vir consertar o telhado. Ainda teremos duas semanas de chuva pela frente, mas não me incomodo com a água. Preocupo-me muito mais com a comida de nosso povo, mesmo sabendo que nosso futuro pode ser nebuloso se não conseguir exercer meu dom, meu único e maior talento.

Assim como as minhas runas, também me recuso a desvendar o amanhã e a responder à questão que me foi imposta. Busco o transe, relaxando nos sons repetitivos do cotidiano, mas é igualmente inútil. O futuro escapa-me entre os dedos, rindo do desespero que deixa para trás.

Estou sentada na esteira em que durmo, olhando fixo para a porta quando Kalenna entra, esbaforida.

— É a hora, irmã. O amanhecer está surgindo em cima das nuvens. Você tem a resposta?

Não preciso responder. Meu desespero é transparente. A caçula da família abaixa os olhos e eu sei que tenta conter as lágrimas, ser forte como todas nós sempre fomos ensinadas a ser. Mas vejo as gotas caírem no chão batido como se fossem parte da chuva que se infiltra pelo nosso telhado. Para ajudá-la a se controlar e não se sentir tão humilhada, viro as costas e começo a entoar um cântico. Cuidei dela por toda a minha vida e não posso evitar protegê-la, mesmo com outros problemas tão mais urgentes.

Escuto Kalenna sair da cabana com seus passos leves e me levanto. Continuo a cantar e cubro meu corpo com o mesmo manto vermelho que vi minha mãe usar por tantas vezes. Devagar, sem pressa ou afobação, as palavras rolam da minha boca e ocupam o espaço cercado de palha.

É hora.

No pescoço, prendo o colar de pedras e penas azuis, herança daquela que me ensinou o ofício e me transmitiu a maldição que vem de longa data, desde que nosso povo se estabeleceu em casas e começou a plantar. Pinto a pelagem ao redor dos olhos em um tom dourado, a cor da morte. Nas orelhas, atravesso dois ossos, símbolo da nossa perenidade. Nada disso me protegerá, mas me sinto muito mais tranquila vestida da forma adequada, da mesma maneira que tantas vezes vi minha mãe se preparar. Estou em seu lugar, sou parte dela e de um imenso ciclo que não terminará hoje, apesar da sensação que me angustia.

Respiro fundo e saio da cabana, deixando a proteção das paredes finas. O ar frio é um golpe na minha pele, mas me mantenho firme. Não posso tremer nem demonstrar qualquer sensação ou sentimento. Ando devagar, atravessando o espaço que separa a casa da profetisa do resto da aldeia.

Meu povo está na porta de suas cabanas, os rostos tensos, sabendo que carrego em minha mente e meus olhos o nosso futuro. A chuva é fina, quase uma névoa, e o frio não é tão cortante ali, no meio das construções de palha e madeira.

Chego ao centro da aldeia e ali é o meu destino. Levanto os olhos para os meus algozes e mestres, herdeiros dos que escravizam meu povo há mais anos do que qualquer um de nós é capaz de lembrar. Parados ao redor da fogueira tribal estão os Senhores do Céu, aqueles que nasceram com asas, bicos afiados e garras cortantes. O líder deles me encara, um meio sorriso no seu rosto de águia.

— Como é feito há séculos e milênios, por nossos pais e os pais deles, viemos buscar a resposta à nossa pergunta, Profetisa. É a quarta noite do plenilúnio, então diga: qual dos filhos de Margoth irá sucedê-la?

Não posso mentir. Por mais que eu queira dizer qualquer coisa e salvar meu povo, não consigo. Pouco me importo com quem governa os alados, para mim e para os meus não faz diferença, a opressão vai continuar sendo a mesma, o sofrimento e a escravidão perdurarão. Mas a mesma força que me orienta nas profecias impede que fale qualquer coisa além da mais pura verdade quando invocada. Tento não tremer muito ao abrir a boca e responder, em um guincho agudo.

— A resposta não foi concedida. As runas se calaram e minha visão permaneceu escura.

Os homens-águia se enfurecem como temia. Escuto seus gritos encherem o ar, ameaçadores, enquanto o líder deles, em silêncio, apenas me encara sorrindo.

Quando finalmente a comitiva se acalma, ele me responde.

— Vocês, Povo-Macaco, vivem nas bordas do nosso território apenas por nossa bondade. Mesmo assim, ainda somos generosos e damos todas as facilidades que podem precisar. Protegemos vocês de seus inimigos e não os deixamos passar fome quando uma grande seca assola a Savana. Em troca disso tudo, pedimos apenas uma pequena retribuição anual, um tributo dos dons que foram dados a vocês, criaturas menores, para que possam nos servir.

A mentira dita com tanta calma me faz morder os lábios, sem me importar com a dor que os dentes afiados causam. Minha mãe morreu jovem demais, sem ter tido tempo para ensinar todos os caminhos. Eu mesma ainda sou uma criança. Se fosse filha de outra pessoa, ainda estaria brincando nos charcos, caçando rãs e peixes — mas uma profetisa não tem vida, só o chamado da Visão. Eu fui consagrada no mesmo dia em que enterrei a minha mãe. A partir daquele momento, meu povo contava comigo para mantê-los a salvo da ganância e da fúria dos Senhores do Céu. E quando meus poderes foram necessários pela primeira vez, quando finalmente assumiria a responsabilidade que fora da minha mãe, falhei. A dor da derrota e da vergonha trazem lágrimas que queimam nos meus olhos, sem que eu as deixe escorrerem livres. Meu povo não me encara, porém vejo o tremor em seus corpos. Eles têm medo — e eu também.

— Profetisa, sabe qual o preço do seu fracasso?

Sei, mas prefiro ficar em silêncio. Quem sabe os deuses mandem algum sinal, quem sabe eles nos salvem mais uma vez, como as lendas dizem que fizeram no começo de tudo. O homem-águia sai da sua posição e anda pela aldeia, encarando o meu povo.

— O preço é sangue, sangue do Povo-Macaco.

Ele para na frente de minha irmã. Tenho que fazer algo, preciso reagir, mas ele é rápido. Um predador nato. Um único movimento rápido e com as garras arranca o coração de Kalenna. Os olhos dela arregalam-se de susto e o corpo cai, pesado, aos pés de seu assassino. Minha família morre ali, em um único golpe. O sangue mancha o chão em padrões estranhos e eu olho hipnotizada.

E finalmente, os deuses falam, gritam em minha cabeça. A profecia vem com força, me arrastando em um turbilhão caótico de imagens que decifro em instantes confusos. Rosno, os dentes à mostra.

— Tenho agora a sua resposta, Senhor do Céu. Nenhum dos filhos de Margoth irá reinar, porque hoje o Povo-Macaco irá matá-los para finalmente se libertar.

Pulo no pescoço do homem-águia, que não esperava um ataque. Até aquele momento, tínhamos sido escravos dóceis de seus caprichos. Mas agora, não mais. Meu povo ataca os outros alados, ferozes e sem temor, pois confiam em minhas palavras.

Eu sou a profetisa.

Somos muitos. O sangue das aves é doce e eu urro de prazer com a vingança conseguida. Não me importo se amanhã os demais virão para acabar conosco — e sei que virão. No momento, só me importa o presente.

***

Acordo no meio da carnificina, coberta de sangue e intacta. O Deus Sol permanece escondido, por trás das nuvens, como se não quisesse testemunhar a cena que se estende à minha frente. Meu povo está no chão, alguns mortos, mas a maioria está viva. Estão apenas exaustos da violência e do horror do dia de ontem. Não vejo nenhum dos Senhores do Céu vivo.

Aos meus pés, o corpo de Kallena do lado do homem-águia que a matou. Os dois estão igualmente imóveis, a mesma expressão surpresa de quem não esperava o fim. Aquela mortandade ao meu lado parecera tão sensata antes, mas agora nada faz sentido. O sangue derramado no chão é igual, tendo saído do meu povo ou de nossos inimigos.

Estou estupefata e ao mesmo tempo me sinto vazia. A liberdade é isso, então? Matamos nossos opressores, mas o que será de nós? A vingança nos destruirá? Pagaremos com sangue essa vitória.

Ergo os olhos e vejo silhuetas escuras rodando o céu. Não tenho esperança de que sejam apenas aves de rapina. Sei que vieram cumprir o destino do meu povo. Vejo-os erguendo-se do chão e me encarando com olhos duros. Eles sabem tão bem quanto eu qual será o resultado do que fizemos.

Eu me sinto arrependida, mas eles não. Em suas faces, em sua postura vejo orgulho. Estão em pé, sem curvar os ombros ou as costas, segurando nossas ferramentas de trabalho como se fossem armas, dispostos a tudo para morrerem livres.

Uma das sombras destaca-se da revoada e vem descendo em nossa direção. Sinto uma pontada de dor atrás dos olhos, um aviso familiar de perigo que ignoro. Sei que vou me ferir e que irei morrer ali, não adianta ceder aos avisos e entrar em transe. Quero partir sabendo quem eu sou.

Mas dou um passo atrás ao ver quem pousa no centro da minha aldeia. É a própria Margoth que se aproxima, coberta por penas azuis resplandecentes. Os olhos têm a cor da terra seca e eu não consigo ver o que sente ou o que pensa. Eu deveria estar com raiva, com ódio. Deveria incitar os demais contra essa criatura perversa que é responsável por nossa servidão.

Porém, apenas olho de volta, cansada.

— Você é Cainée, a profetisa do Povo-Macaco.

Não é uma pergunta, por isso não respondo. Margoth se aproxima, asas abaixadas e cabeça erguida.

— E você matou meus filhos — ela tenta não baixar os olhos para o cadáver do primogênito, o assassino de minha irmã. Mas percebo o olhar escapando e a tristeza que surge nos olhos duros por uma fração de instante.

— A primeira a morrer ontem foi minha irmã.

A faísca que brilha ao seu redor anuncia meu fim. Não é sábio enfurecer a Senhora do Céu.

— Você sabe qual é o seu papel no mundo, Cainée?

— Receber as palavras dos deuses e daqueles que vieram antes. Não ser escrava do Povo do Céu — já não os chamo de senhores, pois sou livre. Comprei essa liberdade com sangue e culpa. E mesmo assim, espero o golpe fatal que irá me livrar dessa vida.

Margoth sorri.

— Você é realmente corajosa, profetisa. Seus deuses lhe disseram se sobreviverá ao dia de hoje?

Balanço a cabeça. É a hora.

— Mas os meus me disseram.

Reprimo o arrepio que sinto.

— Somos um povo guerreiro, Cainée. Mas temos nossa honra. A sua família irá sobreviver, pois nós venceu em batalha.

O alívio que sinto dura até ver as garras abertas, empunhadas como arma.

— Você, não.

Sorrio.

Minha vida é um preço pequeno para a liberdade do meu povo.

"Shangri-lá foi uma cidade fundada em cima de sangue e morte. As altas torres que a marcaram foram construídas pelo Povo-Águia no meio do acampamento em que vivia o Povo-Macaco. Essa convivência não foi pacífica, e demorou muitos anos de uma guerra sangrenta até que um precário equilíbrio fosse atingido. O Povo-Macaco acabou sendo escravizado e seus dons de divinação eram usados para ajudar na sucessão do Povo-Águia.

O conflito permaneceu assim, embaixo da superfície, durante gerações, até que em um dos rituais proféticos, o Povo-Macaco massacrou os herdeiros da governante do Povo do Céu. O sangue dessa batalha manchou o solo da planície onde ficava o acampamento e o tratado de paz que foi acordado ali deu origem ao núcleo urbano que se tornou Shangri-lá.

Por muitos anos, nada nasceu naquela área. A muralha que cercava a cidade foi construída, mas só depois que a barreira mágica foi erguida é que as feras foram aos poucos ocupando o lugar.

A região ficou conhecida como "Campos sem Luz" porque, por um capricho da natureza estranha e absurda da ageografia do lugar, aquela área está sempre na penumbra. O solo é fértil, segundo alguns, por ser abençoado pelo sangue dos fundadores, e boa parte da produção dos alimentos da cidade acontece lá."

Do Atlas Ageográfico de Lugares Imaginados

A linguagem secreta dos pássaros

*"Circled by swallows
in a world for the weary
Courted by warblers; wicked and eloquent trilling"*
Secret Language of the Birds, Ian Anderson

Quando a sua família foi obrigada a deixar as copas das florestas em que seu povo sempre vivera, Illiri ainda não tinha penas. Foi carregada em bicos e asas alheios, acompanhando o grupo que andava no chão, escondido. Voar chamaria a atenção e eles estavam fugindo.

Illiri perguntou do que fugiam, mas ninguém respondeu.

Um dia, as árvores sumiram. O bando de pássaros se viu cercado de nada, defronte uma imensa savana. Não avançaram mais naquele dia, nem no seguinte. Na segunda noite em que ficaram parados embaixo da última árvore, ela ouviu os mais velhos trinarem mais alto, discutindo.

— Temos que prosseguir — um melro zangado estrilou, sacudindo as penas pretas. — Cada dia em que estamos parados é um dia em que deixamos nossos inimigos se aproximarem.

Sua mãe trinou fino, tentando ser escutada.

— A savana é perigosa demais para alguns de nós! Você, Orak, não teria como se camuflar! Zila e os seus filhos também não — ela indicou com a cabeça as cinco saíras coloridas que estavam agrupadas em silêncio, acompanhando a discussão.

— Nirani, há destinos piores que a morte na boca e nas garras de um caçador. Você sabe o que aconteceu com os corvos.

Illiri não sabia, mas também não podia perguntar. Continuou ouvindo a conversa, fingindo que dormia.

— Todos sabemos, mas temos que ser cautelosos!

Um lamento grave se fez ouvir e uma sombra se entrepôs entre o grupo e a luz do luar.

— Urraca!

Um silêncio maravilhado seguiu-se ao grito surpreso de Orak. A imensa coruja-marrom pousou perto de onde Illiri ainda fingia dormir.

— Levante-se, criança. Consegui ver que estava acordada lá de cima.

Com um pouco de medo — que todas as crianças-pássaro sentiam da velha matriarca do clã das corujas — ela obedeceu. Aninhou-se entre as penas marrons da mãe.

— Nós achamos... nós vimos... — Zila gaguejou, os olhos lacrimejando de alegria.

— Vocês viram o incêndio no nosso bosque de carvalhos. Muitos de nós morreram, outros conseguiram se salvar — ela olhava todos ao seu redor e para Illiri deu a impressão de que os contava, tentando saber quantos estavam ali.

Orak interrompeu-a, ríspido.

— Onde eles estão? Cadê os seus filhos? Eles poderiam nos ajudar a lutar!

Urraca ficou ainda mais assustadora ao se virar para o melro e olhá-lo fixamente.

— Só me restou um, e ele está acompanhando o resto do clã até o nosso refúgio.

Niari aconchegou mais ainda a pequena entre suas penas, como se tomasse coragem para o que ia perguntar.

— Onde é esse refúgio, dona Urraca?

A coruja fixou seus olhos imensos e amarelos na pequena rouxinol-bravo.

— Shangri-lá.

A noite encerrou-se com grasnidos, guinchos e piados estridentes. Os pássaros não chegaram a um acordo. Os rouxinóis-bravos queriam seguir Urraca e seu clã, Orak e os melros gritavam pela retomada das Árvores, os demais estavam divididos.

O dia seguinte amanheceu ensolarado e o excesso de luz naquela área tão pouco coberta deixava os fugitivos ainda mais angustiados.

Illiri estava na borda, observando o horizonte de grama e arbustos à sua frente, quando uma sombra tapou o sol. Depois outra, e outra, e mais outra. A manhã entardeceu e ela piou.

— Mãe, mãeeeee! — A voz fina quase não saiu, mas Niari veio assim mesmo, voando em disparada na direção da filha. Só quando sentiu as penas quentes e o cheiro de ninho da mãe é que a filhotinha se atreveu a olhar para cima.

Eram criaturas imensas, escuras. Não tinham penas, mas pelos, e suas asas eram de couro. E os bicos eram de pele, com coisas brancas e afiadas. Ela se afundou ainda mais nas penas da mãe, que cumprimentou os recém-chegados com voz firme.

— Somos exilados das Árvores. Quem são vocês e o que querem?

As criaturas sacudiram a cabeça e responderam em uma série de guinchos ininteligíveis. Niari ainda tentou mais algumas frases simples, sem sucesso.

— Não falam a nossa língua... Illiri, chame Urraca!

Ela olhou para a mãe com os olhos cheios de lágrimas e a alma cheia de medo. Niari soltou um suspiro assoviado e trinou alto, o mais alto que pode, vigiando os recém-chegados que permaneciam imóveis. Eram muitos, muitos mais do que os pássaros do exílio, além de maiores até mesmo que a coruja, o maior ser que Illiri tinha visto até aquele dia.

Eles a ignoraram, talvez nem a tivessem visto encolhida entre as penas de sua mãe, onde ela ficou até Urraca chegar. A chefe do clã das corujas também tentou se comunicar, ululando e piando, sem sucesso.

Uma das criaturas grunhiu em uma língua estranha e Urraca finalmente conseguiu respondê-lo, em grunhidos esquisitos, que pareciam mais uma briga do que uma conversa.

Nesse meio tempo, os demais pássaros já tinham se aproximado e observavam a troca, curiosos. Não demorou muito para que Urraca deixasse os recém-chegados e se voltasse para seus companheiros.

— Eles também estão fugindo. São do Povo-Morcego, foram atacados logo depois de terem queimado nossas Árvores.

O silêncio reinou entre as aves. Illiri continuava sem saber do que ou de quem fugiam. O que poderia ser tão terrível a ponto de assustar criaturas tão imensas quanto aqueles morcegos?

— E daí, Urraca? O que nós temos a ver com isso? Vamos retomar nosso caminho e voltar para casa.

A coruja parecia pesar o que ia dizer, inclinando a cabeça ao olhar seus companheiros.

— Eles querem nos acompanhar até Shangri-lá. Vão retomar o caminho hoje à noite — Os olhos amarelos não piscavam, fixos nos líderes dos demais clãs.

Não eram só Orak, Niari e Zila. Havia os chefes dos clãs dos papagaios, dos canários, dos sabiás... Illiri ainda não conhecia todas as famílias de pássaros que haviam deixado as Árvores com eles, mas todas tinham mandado seus representantes para acompanhar a conversa da coruja com os estranhos.

Ao contrário da noite anterior, a menção à cidade lendária não fez com que irrompessem em trinados ou piados. Pelo contrário, aumentou o silêncio. Até mesmo Illiri podia ver que a decisão pesaria demais sobre o futuro de todos. A tensão incomodava e apertava como barras de gaiolas.

Orak foi o primeiro a quebrar aquele encanto, afirmando:

— Vamos voltar e tentar reaver nosso lar!

— E se não conseguirmos, Orak? E se morrermos? Ou pior, e se formos capturados? Você lembra do que aconteceu com os corvos... — Zila se intrometeu, finalmente, piando baixinho, mas determinada.

Illiri aproveitou para sair de perto dos adultos.

Ela sabia o que tinha acontecido com os corvos — mais ou menos. Ouvira sua mãe falando com seu irmão mais velho sobre a maldição que caíra sobre os grandes pássaros negros, capturados nos limites de proteção das Árvores, condenados a servir os inimigos do seu povo, controlados por magia. Não queria ficar por ali e escutar de novo as histórias horríveis, sobre como eles ficavam nos campos de batalha arrancando olhos e dentes de outras criaturas, mesmo que ela não soubesse o que eram dentes.

Aos pulinhos, afastou-se e foi deixando o abrigo das árvores, entrando na savana aberta. Pulava de touceira em touceira, distraída pelo ambiente estranho, com as folhas de grama que balançavam na brisa fraca e que brilhavam na luz estranha e não-filtrada do sol.

A terra era mais amarelada do que estava acostumada e não encontrava nada interessante para comer. Foi quando a fome apertou que finalmente olhou ao seu redor e viu que estava perdida. Por mais que esticasse o pescoço, não conseguia olhar por cima da grama para tentar localizar as árvores altas de onde tinha saído. Piou e piou, sem resposta, o que lhe deu a certeza de que estava longe demais para ser ouvida por sua mãe.

Pensou em chorar baixinho, mas sabia que isso não ia ajudá-la em nada. Escolheu uma direção e resolveu segui-la. Em algum momento, iria encontrar um ponto de referência, um apoio, uma forma de avisar a sua mãe.

Mas não deu cinco pulos e escutou um barulho desconhecido e chacoalhante, seguido de um silvo. Ficou paralisada, tentando descobrir de onde vinha o ruído, quando um silvo a sua esquerda fez com que virasse a cabeça.

Não viu mais nada, só dois pontos brilhantes que rodopiavam e giravam cada vez mais perto, cada vez mais próximos, aumentando e crescendo e apagando o mundo ao redor, até que...

Um grito agudo. Illiri piscou os olhinhos duas, três vezes e sacudiu a cabeça. A sua frente, uma das criaturas-morcego segurava uma serpente, o corpo esguio se debatendo nas garras afiadas, sangue gotejando enquanto o chocalho ressoava, cada vez mais fraco.

Ficou em choque, observando aquele monstro apertando outro monstro até a cobra finalmente parar de se mexer. Ele arremessou o corpo longe e foi o barulho da carne mole batendo no chão que a despertou.

Illiri piou baixinho e triste, amedrontada. O morcego abaixou-se, ajoelhando no chão e a encarando. Em resposta, tentou falar com ela na sua língua de silvos e guinchos, que faziam a cabeça de Illiri doer.

Ela sacudiu a cabeça e tentou de novo, piando e assoviando devagar. Foi a vez de ele mostrar que não tinha compreendido. Usou a mesma língua que Urraca usara para se comunicar com os morcegos, mas Illiri continuou sem entender. Piou de novo, ainda mais agudo e triste.

A criatura abaixou-se ainda mais, encostando o peito no chão, o rosto na altura de Illiri, e estendeu a mão que ficava na ponta da asa de couro.

Ela olhou para as garras afiadas e para os olhos miúdos, e de novo para as garras, ainda sujas com o sangue da cobra. Fechou os olhos e deu um salto de fé, aninhando-se na mão áspera. Sem hesitar, ele ergueu-se e levantou voo.

Enquanto sobrevoavam a savana, Illiri pode perceber o quanto havia se afastado do limite das árvores. Não sabia como o morcego a escutara, mas ainda bem que o fizera. Sua mãe os alcançara e cantava de felicidade, avisando aos demais que ela tinha sido encontrada.

Naquela noite, os chefes dos clãs dos pássaros decidiram que iam se unir ao Povo-Morcego no caminho para Shangri-lá.

Durante a longa viagem até a Cidade das Altas Torres, Illiri foi aninhada na mão que a salvara. E enquanto Horus, filho do líder do Povo-Morcego, a ensinava sua língua cheia de silvos e guinchos, Illiri transmitia a ela os pios e trinados da linguagem secreta comum a todos os pássaros.

Não que precisassem disso para se comunicar.

"Dentro dos muros de Shangri-lá, ao pé do palácio construído ao redor das torres, existe o Bosque do Exílio. Naquelas árvores, nascidas das sementes trazidas pelos clãs alados, vivem os pássaros e as aves que chegaram anos depois do armistício entre o Povo do Céu e o Povo-Macaco, quando a notícia de que havia uma cidade para as feras e as criaturas estavam começando a se espalhar, ainda como lenda.

São de diferentes espécies, cada uma com seu clã. O menor clã, o que chegou com menos integrantes na cidade, é o das corujas, liderada pela Dama Urraca XXVIII. O mais numeroso é o dos rouxinóis-bravos, que ocupam boa parte da área sul do bosque, perto dos muros onde mora o Povo-Morcego. Os sabiás, que nunca se conformaram com seu exílio, cantam a história das primeiras Árvores e do mundo que deixaram, empoleirados nas palmeiras ao redor da alameda que leva a torre mais alta da cidade.

Diz a lenda que essa ligação dos pequenos seres com os morcegos vem desde a viagem que os dois povos fizeram até Shangri-lá, em busca de abrigo, quando precisaram se unir para sobreviver.

Quando alcançaram a cidade, tomaram rumos diferentes. Os pássaros marrons tornaram-se os melhores e mais corajosos espiões da Cidade das Feras, enquanto o Povo-Morcego passou a dedicar-se à segurança de Shangri-lá de todas as formas."

Do Atlas Ageográfico de Lugares Imaginados

O nascimento
da primeira quimera

Acordo pela primeira vez com a chuva batendo no meu rosto, o do meio, e a água escorrendo pela juba. Tento me levantarse, mas uma dor aguda na minha asa esquerda faz com que sequer termine o movimento enquanto urro de dor. Uma voz aguda zomba de mim.

— Doeu, traidor? Irá doer ainda mais — Não sei do que está falando e pergunto isso, mas a voz que sai da minha boca, à direita, é um balido.

— Béééé.

A gargalhada ecoa na ravina desolada. Ao longe, bem ao longe, consigo ver as luzes de uma cidade. Mais do que quem sou ou o que fiz, quero saber onde estou. Já sei que não adianta perguntar, e, entre a dor nas três cabeças e a asa que pende ferida, prefiro não falar mais.

— Deveríamos tê-la matado — A voz é mais grave, parece ser de alguém com mais idade. Um foco de luz aparece na frente dos meus seis olhos, me ofuscando por um momento enquanto tento entender como olhar para algo tendo três cabeças.

— Ela me traiu, Orlando. A morte seria pouco — É uma mulher ainda jovem, pelo menos é o que consigo perceber na confusão de imagens que entram na minha mente. A luz não ajuda, ofuscando pelo menos três dos meus olhos.

— Mas transformá-la numa criatura tão horrível? Um macho, ainda por cima? — O seu companheiro é um soldado, armado e preparado para uma luta. Talvez esteja ali para garantir a segurança dela, embora no meu atual estado eu não represente nenhum perigo.

— Ela não gostava tanto dessas coisas asquerosas, dessas bestas? Não me traiu, não traiu o Império por elas? Que seja uma delas até morrer. Nem vai demorar tanto assim... — A voz dela pinga veneno. Minha traição deve ter sido realmente algo horrível. Nem posso pedir desculpas, pois seriam insinceras, já que não lembro do que fiz.

E por incrível que pareça, parte de mim sente que não, eu não devo pedir desculpas nem me arrepender.

— Adeus, Gilgamesh.

Eles se afastam, em silêncio, e os ombros erguidos da pessoa que me impôs aquele castigo deixam claro que está convencida de ter agido corretamente.

Quando tento levantar, já preparado para a dor, vejo que também estou preso, as patas traseiras amarradas a um tronco caído de carvalho. Faço força, mas não consigo mexer o tronco nem por um centímetro. A chuva aumenta, como se estivesse debochando do meu sofrimento, e eu quase me resigno a deitar ali e esperar a morte chegar.

Só que a parte de mim que não queria pedir desculpas também não me deixa desistir. Com cuidado, sacudo a terceira cabeça, a da esquerda, que tem o pescoço mais flexível do que as demais: o pescoço de um dragão.

As correntes são grossas, de um metal escuro. Mas também são antigas e têm pontos de desgaste. Com paciência, pouco a pouco, uso o fogo que me é natural agora para ir derretendo — com alguns poucos pelos queimados. Demoro bastante por conta da chuva, mas consigo.

A asa direita lateja muito, as queimaduras ardem, só que estou livre. Tenho esperanças de sobreviver. Sacudo a cabeça do meio, para me livrar da água na juba, e escuto um piado indignado.

Um pequeno pássaro marrom está empoleirado em um arbusto próximo e me olha indignado. Rio com as três cabeças — o que produz um som muito estranho — e falo, com a cabeça de dragão.

— Ora, que criatura mais brava e perigosa.

Em resposta, o serzinho estrila, pia e trina. Para minha surpresa, consigo entender tudo.

— Sou um rouxinol-bravo, seu monte de pelos absurdo e sem sentido. A feiticeira deveria mesmo tê-lo matado.

— O que eu fiz para deixar você tão zangado?

O passarinho se cala imediatamente, chocado com as minhas palavras. Percebo que é a cabeça de dragão que entende o que ele diz e, portanto, é capaz de se comunicar com ele. Recuperado do choque, ele dá um assovio — que eu não entendo — e sai voando. Dos arbustos e árvores próximas, uma pequena revoada o acompanha.

— Voltem aqui! Por favor!

Nem o desespero na minha voz faz com que eles mudem de ideia e os vejo sumindo na luminosidade cinzenta do dia chuvoso. Queria poder ir voando atrás deles — e talvez queimar a ponta de uma ou duas penas pela insolência — mas a asa ferida me impede. Arrasto-a pelo chão, sentindo dor a cada pedrinha encontrada, enquanto sigo na direção contrária da cidade que vi antes. Pelo que foi dito, sei que não serei bem-vindo por lá.

A ravina se estende por todos os lados, parece não terminar nunca, embora ao longe eu possa ver uma série de pequenas colinas. Se eu chegar ali, talvez encontre abrigo e consiga sair dessa bendita chuva.

Demoro — demoro muito, a ponto do dia ter praticamente anoitecido. As duas asas se arrastam no chão, mas eu nem sinto os ferimentos de tão entorpecido pela chuva fria. A única cabeça que consigo manter erguida e vigilante é a do leão. O dragão se enroscou ao redor de si mesmo e dorme abertamente, enquanto a cabra está cabisbaixa, apoiando-se na cabeça de leão, os olhos fechados. De vez em quando, solta um balido queixoso. Meu corpo treme, apesar de estar sentindo calor. Deve ser febre.

Os penhascos me decepcionam. Não vejo cavernas, reentrâncias ou proteção. Simplesmente dei de caras com um paredão rochoso, impossível de escalar e que se estende por quilômetros.

Acho que chegou a hora de descansar as três cabeças. Meus quatro joelhos cedem e eu caio no chão, rendido. Tudo fica ainda mais escuro e a última coisa que escuto são pássaros discutindo.

Dessa vez, abro meus seis olhos em um lugar seco, mas igualmente desconhecido. Pelo pouco que posso ver, estou em uma caverna — ou seja, dentro do tal penhasco. Escuto ao longe vozes baixas.

Não estou preso, o que me intriga bastante. Quem quer que tenha me recolhido não me deseja mal — ou então achou que eu não ia durar muito. Prefiro não correr riscos com o ânimo de meus captores e anuncio que estou desperto, falando com a cabeça de dragão.

— Alguém aí? O que vocês querem de mim? — Escuto o eco como resposta por alguns segundos, mas logo uma voz me comanda.

— Venha até aqui — É um som profundo, não de todo desagradável, e eu a sigo por corredores largos e secos. Minhas asas doem pouco, e a ferida está enfaixada, o que só aumenta a minha curiosidade.

Ao chegar no final do corredor, sou recompensado pela visão de uma gigantesca caverna, iluminada por velas, tochas e fogueiras. Pedras brilham e faíscam. No centro, está uma criatura majestosa, um dragão branco, de asas encolhidas e cabeça erguida, que me encara, cheio de curiosidade. Está cercado por pássaros — e provavelmente são os mesmos que avistei ao acordar antes.

— Quem é você?

— Acho que a pergunta relevante aqui seria saber quem é você — a ênfase dada na última palavra me faz suspeitar de que talvez o dragão tenha respostas.

— Bem, temos a mesma dúvida.

— Será que temos? — O ar displicente com que me responde me dá certeza de que sim, o dragão sabe quem eu sou. Não digo mais nada, esperando para ver o que vai acontecer. Estou à mercê do destino e dos caprichos daquele ser, e ele sabe disso.

Porém, o silêncio é quebrado pelo chilrear do mesmo pássaro-marrom que me enfrentou antes.

— Os povos livres de Shangri-lá exigem que a criatura nos seja entregue, Senhora da Caverna. Por sua causa, o Império da Morte ficou ainda mais perto de saber a localização da cidade.

A dragoa me encara, séria, e sei que estou encrencado. Pelo jeito que o passarinho falou, eles não me querem para conversar. Posso não entender muito bem o que aconteceu, mas não quero morrer.

— Você me disse que foi uma fêmea humana que entregou a localização da ilha onde fica Shangri-lá, pequena.

— Sim — ela continua me olhando, brava.

— O que está na minha frente não é humano. E pela juba, tampouco é fêmea — os pássaros se voltam para a dragoa, surpresos. A líder deles — pelo menos, parece ser a líder — insiste.

— Um feitiço de uma guerreira marcial do Império, Senhora. Ela disse que foi traída por... isso aí.

— E vamos punir alguém que traiu o Império?

A paciência dos animaizinhos está claramente no limite. Bem, eles não são capazes de criar um estrago grande, porém do jeito que falam devem ter amigos poderosos. A coisinha marrom não responde e eu também acho que ainda não é a hora de tentar me defender. Como se eu soubesse do quê.

A dragoa se mexe, aproximando-se de mim. Ela tem pelo menos o dobro da minha altura e cada asa me cobriria facilmente. Analisa cada pedaço de mim por alguns minutos.

— Você veio me pedir reforços, Nallira. Quer que eu ajude a defender Shangri-lá.

— Sim — a passarinha parece estar entendendo tanto quanto eu. Ou seja, nada.

— Eis o seu reforço.

Ela está claramente falando de mim, o que deixa todos os demais presentes chocados.

— Senhora, ele é nosso inimigo!

— E foi enfeitiçado e abandonado à própria sorte pelo povo a que pertencia. Ele não me parece disposto a morrer.

— Não, não estou mesmo — respondo com a boca do dragão e sacudo as outras duas cabeças para enfatizar.

— Ótimo. Você irá lutar por Shangri-lá. E conforme combinamos, Nallira, se conseguirem, eu governarei a cidade.

— Senhora, não iremos fugir do acordo, só...

A dragoa estica as asas, ocupando todo o espaço da caverna.

— Está decidido, chefe-dos-espiões. Minha palavra é final. Leve-o com você e o deixe enfrentar seu destino no campo de batalha.

— Mas... nem sabemos o que ele é! — Tenho que admitir que a pequenina é teimosa.

— Ele é uma quimera. Agora, vão — todos nos voltamos em direção à porta. — Você não, Gilgamesh. Não por enquanto.

Os pássaros saem sem olhar para trás, provavelmente na esperança de que a dragoa mude de ideia e acabe comigo. Preciso confessar que também é o que acho que vai acontecer.

— Não se preocupe, Gilgamesh. Preciso de você para mais uma coisa.

— O quê? — Olho desconfiado, pensando que talvez tivesse sido melhor não ser resgatado.

— Não se preocupe. Você não vai se lembrar de nada... — Bafeja no meu rosto um vapor quente e de cheiro adocicado. Tusso e sinto o mundo ficando escuro.

Acordo pela terceira vez sem saber direito onde estou. Pelo menos, estou me acostumando e só abro um par de olhos de cada vez. Estou debaixo de uma lona esverdeada e pelos poucos buracos no tecido entram raios de sol.

A passarinha que queria a minha cabeça — ou todas as três — entra sem cerimônia na tenda.

— Ótimo, você acordou. — Ela me olha com desprezo enquanto vai até o outro lado da tenda, onde revira com o bico alguns papéis em cima de uma mesa. Pega um pedaço, escreve alguma coisa com a ponta de uma das unhas finas e se prepara para sair.

— Onde estamos? — Levanto e me estico, estalando os pescoços e procurando uma posição confortável.

— Cercamos um porto do Império, o mais próximo de Shangri-lá. Iremos destruí-lo para evitar que eles nos ataquem. Pelo menos por enquanto.

Não é um plano tão ruim.

— Quanto somos?

Ela se remexe, impaciente e bastante aborrecida por ter que me passar aquelas informações.

— Além de você e eu, temos cem do Povo-Morcego e cinquenta minotauros.

Podia ter mais gente, mas ainda dá para prosseguirmos.

— E eles?

— A cidade tem dois mil habitantes. Pelo menos metade deles são soldados. — Ela anuncia como se estivesse informando as condições do tempo.

Só que agora vejo que é um péssimo plano. E eu digo isso, alto. A passarinha me ignora e sai da tenda. Sem ter o que fazer, a sigo.

O acampamento no meio da floresta está organizado e silencioso. Os morcegos de um lado, os minotauros de outro. E nenhum dos duzentos pares de olhos me passa tranquilidade. Nem mesmo amistosidade.

Um outro pássaro-marrom está esperando por Nallira, que enfia o pequeno papel no bico do colega. Sem trocarem uma palavra sequer, ele parte.

— Vamos.

— Só isso? — Fico arrependido do que falo na mesma hora. Os olhinhos miúdos da passarinha chispam de raiva.

— Você queria o quê? Fanfarras? Discursos? Não ouviu o que eu falei? Somos duzentos contra dois mil.

— Emudeço, pois ela está coberta de razão. Resignado, sigo a fileira de minotauros e morcegos, sempre acompanhado pela passarinha.

— Se você é uma espiã, por que está aqui?

— Eu aceitei o acordo com a dragoa. Se pessoas vão morrer pela minha incompetência, mereço ser uma delas. — Novamente fico sem resposta e decido que vou ficar em silêncio.

A cidade está a poucos metros de distância quando paramos, ainda debaixo da cobertura das árvores. Não tem muros, mas a guarnição é fortificada e é possível ver a movimentação intensa de soldados. Eles não serãopegos desprevenidos.

— Vocês sabem o que fazer. Distraiam os humanos. Eu estou com o explosivo para destruir as docas.

— E eu?

Ela não me responde. Vira o olhar para a cidade e assovia, baixinho.

— Atacar!

É cansativo e irritante acordar pela quarta vez sem saber onde estou. As cabeças doem, as asas latejam e sinto um cheiro insuportável de sangue e carne queimada. Fixo meus olhares e procuro me localizar.

Na minha frente, está uma atônita Nallira, rodeada por alguns morcegos e minotauros, todos bastante intactos.

— O que aconteceu?

— Você. — Ela responde num sussurro.

Vou perguntar o que ela quer dizer, mas de repente a memória me atinge. Borrões de movimento acompanhados por três pares de olhos, cabeças sendo arrancadas, estômagos e intestinos expostos, fogo queimando crianças e adultos, um senhor de idade que eu mato com uma única patada, o cais do porto que eu queimo com uma única baforada da cabeça dracônica.

Eu aconteci.

Antes que eu consiga me recompor, ouço o som de grandes asas batendo. Quando olhamos para cima, vemos algo que deveria ser impossível. Uma outra criatura como eu. Apenas a cabeça de dragão é branca e muito parecida...

— Senhora! O que...

— Vim cobrar o nosso acordo, Nallira. Só que não quero Shangri-lá para mim.

Nallira me olha, ainda com medo e trêmula. Mesmo os minotauros e os morcegos se mantêm distantes e cautelosos.

— Eu? Você quer que eu seja rei?

Quanto mais eu a observo, mais surpreso fico. Ela vai mudando de aparência. A cabeça de cabra se transforma numa cabeça de vaca, as asas se tornam asas de morcego e eu tenho quase certeza de que sua cauda vira o rabo de um escorpião. Se ela é uma quimera também, é de um tipo diferente do meu.

— Sim. E eu como sua companheira. Seu antigo povo exterminou a minha raça. Eu era a última dragoa. Achei irônico e adequado que usasse o resultado de um feitiço dele para criar um novo começo para mim. Ou melhor, para nós.

Apesar de tudo, sinto que ela está pedindo. Não que eu tenha muita escolha, afinal quero continuar vivo.

E ser rei me parece uma boa maneira de continuar a viver.

"Antes da ascensão de Gilgamesh I, Shangri-lá era governado por um conselho formado por representantes de todas as raças presentes na cidade. Era um sistema confuso e que contribuía para que as espécies não se misturassem, ficando isoladas em seus quarteirões e habitats.

Gilgamesh subiu ao poder assim que chegou na cidade e percebeu que essa dinâmica poderia prejudicar o crescimento daquela sociedade. Manteve o conselho, que passou a ser presidido por sua esposa Tiamat, e se preocupou em alojar os órgãos de governo no centro da cidade.

Para isso, juntou os artesãos e construtores mais habilidosos dentre as feras e projetou um palácio único. O Palácio Quimérico se estende por toda a Shangri-lá. Foi construído para unir as antigas torres do Povo do Céu, que se espalhavam por uma grande extensão de território, e não há lugar dentro da Muralha Interna de onde não se veja pelo menos um pedaço da construção, que é feita dos mais diversos materiais. E como as quimeras, sua aparência muda constantemente, com salas e quartos que trocam de lugar, janelas que mudam de cor e jardins que somem e reaparecem.

Além de servir de residência para a família real das quimeras, é no Palácio que residem as profetisas do Povo-Macaco, os Anciões do clã das corujas e outras lideranças espirituais dos povos de Shangri-lá. Todos os habitantes o conhecem e o respeitam como sagrado, dedicados a protegê-lo e a cuidar de sua aparência.

Mesmo quando a guerra com o Império da Morte tornou-se inevitável, no reinado de Gilgamesh IV, os salões e muros do Palácio continuavam impecáveis. Por mais que o exército humano se aproximasse, o coração de Shangri-lá permaneceria intocado e puro."

Do Atlas Ageográfico de Lugares Imaginados

Melhor remédio

No palácio central de Shangri-lá, Gilgamesh II enfrentava mais uma noite de insônia. Era a terceira seguida e ele chegou ao ponto de se isolar em uma das alas do palácio. Uma quimera insone se tornava uma criatura completamente instável. Poderia se transformar em qualquer coisa, sem o menor controle, um perigo para todos ao seu redor. Lá fora, a neve caía em flocos pesados e monótonos, a primeira nevasca do inverno que chegara.

Por isso, quando bateram na porta e entraram, sem esperar resposta, precisou respirar fundo pela cabeça do meio e fechar os muitos olhos para evitar um desastre.

— Sou apenas eu, meu rei.

A voz conseguia ser ao mesmo tempo plácida e irônica. Só havia um ser na Cidade das Altas Torres com coragem para falar assim com o rei das feras.

— Cainée.

A velha sacerdotisa do Povo-Macaco abaixou a cabeça, o máximo de reverência que o corpo envelhecido permitia. Alguns diziam que ela tinha a idade de Shangri-lá, outros que o Povo-Macaco substituía em segredo a sua principal sacerdotisa sempre, mas como os outros povos achavam que todos os macacos eram parecidos demais, nem percebiam.

— Sua esposa me chamou — ela afirmou com um sorriso torto que mostrava os dentes, apesar da idade, impecavelmente brancos.

— Gostaria que Lilith não se metesse nos meus problemas —— ele bufou, lançando uma nuvem ácida. A sacerdotisa sequer piscou com a demonstração de mau humor.

— Você sabe como são os dragões. — Ela deu de ombros. — Não conseguem se limitar às suas próprias vidas... Desde quando?

— É a terceira noite.

Ela não respondeu, só soltou um resmungo pesado. Circulou a criatura imensa e irrequieta, dando beliscões e apertões. De vez em quando, falava algo inaudível consigo mesma. Gilgamesh a custo se segurava, mas apesar de tudo confiava na sabedoria e na capacidade da sacerdotisa. Depois desse exame, ela sentou de pernas cruzadas bem na frente da quimera, em pose de meditação, e fechou os olhos. Ficaram assim por um tempo, com Gilgamesh andando de um lado para o outro cada vez mais irritado, até que Cainée começou a rir, sacudindo a cabeça.

— Ah, o poderoso rei quimera, senhor das feras e imperador dos seres bestiais! Capaz de se transformar em qualquer animal...

Aquilo fez a pouca paciência restante do monarca sumir.

— Pare de rir ou esqueço do pacto que protege os representantes dos povos de Shangri-lá! — rugiu, aproximando-se da sacerdotisa.

— O mau humor é tanto que você se arriscaria a uma guerra civil só para desabafar? — ela respondeu, ainda rindo. Gilgamesh tentava amar todos seus súditos, mas o Povo-Macaco era um povo difícil de ser amado, talvez pela semelhança com os humanos. — Esperava mais de você.

— Eu também esperava muito mais de você, sacerdotisa. Afinal, você tem alguma resposta a me dar?

Ele rosnou com a boca de leão e ela ficou séria.

— Use uma das suas cabeças, Gilgamesh, para outra coisa além de resmungar. Estamos no inverno. Vire um urso.

Sem esperar resposta, Cainée se ergueu e saiu com uma agilidade espantosa.

Nunca mais uma quimera de Shangri-lá sofreu de insônia.

"O inverno em Shangri-lá é uma época estranha. Alguns dos seus habitantes hibernam, colocando bairros inteiros em um estranho estado de silêncio. Outros, diminuem as suas atividades, mal sendo vistos entre as grandes tempestades de neve. E há aqueles que mudam a pelagem a ponto de ficarem irreconhecíveis.

Com o pacto de não-agressão que vigora dentro dos limites urbanos, não há perigo das criaturas que hibernam serem atacadas durante a estação. Inclusive, há uma esquadra de arminhos que, com o pelo branco típico da estação, fazem rondas pelas casas dos hibernantes para conferir se tudo está bem. Mas não por temerem ataques ou malfeitos como roubos.

As rondas acontecem porque certos animais brincalhões veem os hibernantes como alvos fáceis para trotes, truques e travessuras. Por mais de uma vez, as forças de segurança interna da cidade tiveram que salvar um mico ou um papagaio mais engraçadinhos do mau humor primaveril de um urso que, ao acordar, descobriu seu pelo cortado de formas muito peculiares."

Do Atlas Ageográfico de Lugares Imaginados

Para o infinito azul

*"Into the great wide open
Under them skies of blue"*
Into the great wide open, Tom Petty and the Heartbreakers

— Pule.

Ele queria, mesmo. Todo o seu corpo estava pleno de vontade de pular daquele abismo, abrir as asas e voar. Era seu coração que se recusava, encolhido no peito.

— Não consigo.

A cabeça estava abaixada, os olhos fixos nas nuvens que escondiam o fundo, para não ver a figura imensa, maior que a vida, maior do que tudo, que voava a poucos metros de distância. Morus era Capitão da Guarda Externa de Shangri-lá, responsável pelo treinamento dos recrutas e o mais temido representante do Povo-Morcego. E era temido principalmente pelos citados recrutas, os membros mais jovens do seu povo, futuros soldados responsáveis pela segurança da Cidade.

Dentre todos esses jovens, talvez Íbis fosse o mais temeroso. Era por isso que tentava não se encolher na beira daquele abismo, mas não conseguia. Mal e mal disfarçava o tremor das pernas curtas, agradecendo o vento frio da manhã de outono que ajudava.

— Final da fila, Íbis. Até chegar a sua vez, você pode decidir se vai pular ou não — falou em tom final, olhando-o com os olhos redondos já quase cegos pela idade. — Próximo recruta.

Respirando fundo, as pernas curtas bambeando a cada passo, Íbis percorreu a longa fila de seus amigos, colegas e conhecidos até o final. Não olhou para os lados, não respondeu aos cumprimentos e aos gracejos, aos assovios... Só caminhou.

Depois de todos aqueles rostos conhecidos, parou atrás de um que jamais vira. O pelo de um castanho ainda mais escuro que o seu, brilhando na luz fraca do sol de inverno, também era mais comprido, quase escondendo os olhos negros e redondos.

— Ele vai deixar você tentar de novo?

Encolheu-se ao ouvir a voz estranha, um pouco mais aguda do que ele esperava, e sacudiu as asas em um gesto desanimado.

— Sequer tentei, então não seria de novo. Ele vai me deixar tentar pela primeira vez.

— Ah, o velho está de bom humor então, dizem que geralmente ele empurra quem fica com medo...

— Mas aí...

— É, mas aí não dá tempo direito de abrir as asas e a morceguência vai juntando vento até quase o chão — ela contou rindo como se aquilo não fosse a experiência mais assustadora que uma jovem pessoa-morcego pudesse passar na vida. — Segundo as velhas lendas, é assim que os mestres dos pássaros ensinavam seus jovens a voar pela primeira vez, né.

Íbis esticou o pescoço, para além da jovem estranha, e viu as torres de Shangri-lá à distância, desfocadas na nebulosidade matinal.

— Eles não fazem mais isso, por que a gente continua?

Foi a vez dela sacudir as asas.

— Eu que sei? Eles não trabalham nas forças militares, vai ver para ser mensageiro o susto não é parte importante do treinamento.

A fila se moveu devagar, os gracejos e brincadeiras diminuindo conforme os jovens iam sendo submetidos à mesma escolha que Íbis. O sol subia devagar, a névoa ia se desfazendo e um por um os jovens-morcegos se lançavam ao desconhecido, abrindo as asas pela primeira vez.

Até só faltarem Íbis e a jovem que ele não conhecia. Morus dava as últimas instruções à pequena que acabara de saltar e tentava controlar a direção do seu voo e Íbis sentiu um aperto terrível no coração. Faltava muito pouco. Todos, todos mesmo, tinham conseguido sem hesitação, todos tinham pulado na mesma hora.

Ele tinha certeza de que ela também pularia. Destemida, atrevida e debochada, tudo o que sorumbático Íbis não era. Ah, ele queria ser mensageiro como os pássaros de quem ela falara. Por mais que a ideia de defender a cidade fosse uma honra para o Povo-Morcego, os seres mais temidos dentre as feras de Shangri-lá, Íbis gostaria de permanecer sempre dentro dos muros da cidade.

— Mas você não sente a menor vontade de pular? Sabe, deve ser uma coisa muito diferente de tudo que já fizemos — a voz, já menos desconhecida, voltou a falar com ele, intrigada.

— Até dá vontade, sim. Eu só... não consegui. Fui até lá e na hora de abrir as asas, nada...

Ela inclinou a cabeça, os olhos desviando-se dele para as figuras que enchiam o céu entre os Penhascos do Ontem e Shangri-lá.

— Meu pai me disse que nunca um de nós se recusou a pular na primeira oportunidade, que o instinto de voar falava mais alto do que tudo. E que só quando parássemos para pensar no que estamos fazendo é que seríamos bons guerreiros, pois iríamos medir as consequências dos nossos atos. Para tudo tem uma primeira vez, Íbis.

Foi a vez dele inclinar a cabeça para analisá-la.

— Você sabe o meu nome?

— O Morus te chamou assim, oras. E caso você não tenha percebido, foi o único nome que ele disse... Nem o meu ele vai usar, pode ver. Isso porque eu sou a filha única dele.

Antes que Íbis pudesse responder, ou sequer reagir àquelas palavras estranhas, a voz grave do capitão irrompeu.

— Pule.

Ele realmente não disse o nome dela, e Íbis não teria tempo de perguntar. Ele ia tentar, mesmo, porém ela se adiantou para a beira do abismo em uma passada decidida, determinada.

Ali, à beira do abismo, preparando o corpo para dar impulso, olhou para trás e piscou para o novo amigo.

— Te conto lá no céu, Íbis, se você me alcançar.

E se foi, abrindo as asas gloriosas, brilhando na luz da manhã. Não hesitou por um instante, e aos olhos de Íbis pareceu que o ventou saudava uma velha amiga que estava encontrando. Morus sequer comentou qualquer coisa, apenas observou as curvas de voo e assentiu, balançando o focinho achatado com satisfação. A cor do seu pelo era a mesma cor da figura que rodopiava, procurando os demais.

Antes mesmo que Morus tivesse oportunidade de repetir a ordem, Íbis saltou. O medo estava lá, a incerteza continuava. Ainda não queria ser um dos defensores da cidade, não se sentia à altura do desafio. Mas se estava ali...

De olhos fechados, sentiu o vento abraçar seu corpo pela primeira vez. Sentiu-se livre e ao mesmo tempo preso a uma promessa feita por olhos redondos quase escondidos em um rosto coberto de pelos castanhos.

Procurou-a com cuidado, a visão sendo atrapalhada pela luminosidade que aumentava cada vez mais, e a viu distante, muito perto dos limites da cidade, quase desrespeitando as regras do teste imposto aos jovens recrutas. Ela estava quase parada, olhando para baixo, e Íbis aproveitou para alcançá-la.

— Vim cobrar uma promessa...

— E eu irei cumprir. Prazer em conhecer, Íbis, sou Hatseh. — A resposta veio em tom brincalhão, mas o olhar dela estava perdido entre as torres da cidade. — Eu acho que já entendi por que só voamos agora, Íbis, no teste. Porque só abrimos nossas asas no dia em que somos testados para proteger a cidade. Olhe.

A primeira vez em que jovens do Povo-Morcego voavam era a primeira vez em que viam a cidade em toda a sua glória, as torres brilhantes, o palácio das quimeras, as árvores habitadas pelo Povo-Macaco. Uma cidade em que ratos e gatos bebiam juntos nos feriados, em que leões conversavam com zebras sobre o resultado das colheitas.

Ali, pela primeira vez, Íbis sentiu que era capaz de defender aquela cidade. Mesmo com medo.

"O Povo-Morcego, apesar de habitar dentro de Shangri-lá desde sua chegada à cidade, tem um carinho especial pelos penhascos que cercam e protegem a cidade.

Antes da guerra se tornar uma realidade, nublando todo o cotidiano, era nos penhascos que ensinavam seus filhotes a voar em meio a brincadeiras e jogos. Nos primeiros dias de primavera, não era raro que os outros povos de Shangri-lá fossem até as escarpas rochosas só para assistir à iniciação dos jovens morceguinhos nos mistérios da aerodinâmica aplicada.

Os pássaros, inclusive, empoleiravam-se pouco abaixo da ponta do penhasco. Criticavam os aprendizes, considerando as técnicas usadas e o quão rápido eles pegavam o jeito. Julgavam se o planar era feito de forma correta, se usavam a sua habilidade de eco localização para se desviar a tempo dos outros que também estavam aprendendo.

Esse festival não-oficial continuou sendo um dia alegre e de união até a guerra finalmente bater com força nas defesas da cidade. A partir desse momento, o Povo-Morcego foi obrigado a levar aquele momento mais a sério. Todos os habitantes de Shangri-lá, na verdade, precisaram mudar."

Do Atlas Ageográfico de Lugares Imaginados

Cheiro de alecrim

Na borda de Shangri-lá, bem no sopé de suas altas muralhas perto do Portão das Águas, há uma plantação de alecrim. A cidade das feras pode ser um ambiente hostil para criaturas muito pequenas, então é nos espaços fora das muralhas, mas ainda dentro do círculo protetor das Montanhas do Ontem, que vivem insetos e outras minusculosidades.

Era isso que Maya devia estar aprendendo, na luz do crepúsculo, enquanto sua mãe ia e vinha, falando sobre o círculo da vida e como todas as criaturas são interligadas. Mas a menina não escutava, os olhos miúdos acompanhando o voo agitado e multicolorido das borboletas que se preparavam para dormir, além do despertar mais suave e sóbrio de mariposas que esticavam as asas para o voo noturno.

— Você me escutou, menina?

— Claro, mamãe — mentiu, ao acompanhar o contraste entre uma azul brilhante que descia no galho enquanto uma mariposa marrom ganhava os céus nos últimos raios de sol. A mãe, como todas as mães, percebeu a mentira antes mesmo de ser dita. Isso a preocupou.

Shangri-lá estava em guerra. Na verdade, fazia séculos que a cidade estava sendo atacada e resistia. Mas nos ossos dela, sentia que a maré daquela guerra quase infinita estava perdendo força e seu fim se aproximava.

Preparar os filhos para o inevitável é uma dura tarefa que mães de todas as espécies enfrentam desde o começo dos universos. Com ela, não seria diferente. Por sua cabeça, passou a ideia de deixar o companheiro fazer isso. Quase riu alto com a ideia de Íbis, o homem-morcego mais taciturno de toda a cidade, tentar explicar algo tão delicado quanto a mortalidade a uma criaturinha irrequieta como a filhote deles.

Sua mãe, a avó de Maya, a levara até o campo de alecrim para isso. Porém, sua mãe era uma contadora de histórias, treinada e sagrada pelas profetas do Povo-Macaco para passar à frente a sabedoria de todos aqueles animais vivendo em conjunto por séculos. Ela era apenas uma guerreira, alguém que sabia arremessar uma lança e matar. Mais nada.

Talvez fosse mesmo melhor Íbis assumir aquela tarefa. Ele provavelmente diria algo como "todos morrem, vamos comer, Maya" e resolveria o problema. Deu um suspiro e tomou coragem, mas foi aí que percebeu que a filha estava longe.

— Maya! Maya!

Viu a figura escura da menina abaixada entre duas moitas mais altas, as asas ainda curtas tentando se aproximar de algo no chão.

— Aqui, mãe.

As asas moles e já um pouco desbotadas de uma borboleta estavam caídas no chão, separadas do corpo que ia sendo retalhado por formigas.

— O que você está fazendo, Maya?

— Quero pegar as asas para prender de volta na borboleta...

— Não vai adiantar, Maya. A borboleta morreu. — Apontou para o corpo. — As formigas agora vão levar o corpo para dentro da toca delas, para servir de comida para o inverno.

— Que horror! — A menina fez um movimento para retirar as formigas de cima dos restos do inseto, mas a mãe impediu.

— É assim mesmo, Maya. A borboleta viveu o que precisava ser vivido e depois se foi...

— Foi para onde? — Os olhos miúdos continuavam fixos na trilha de formigas, que trabalhavam sem se importar com os sentimentos dela. A mãe deu de ombros, sacudindo as asas.

— Ninguém sabe ao certo, então cada um inventa a melhor mentira possível.

— E como a gente sabe que chegou a hora e que viveu tudo?

— Não tem como saber, Maya. A hora só chega e pronto.

— Não é justo — ela reclamou, finalmente olhando de volta para a mãe que estendeu uma mão.

— A vida quase nunca é. Por isso, a gente precisa sempre viver o que precisa ser vivido naquele momento... — Ela apontou com um gesto circular o entorno delas. — Hoje, eu achei que precisava viver um passeio especial com a minha filha querida, porque amanhã minhas asas também podem cair...

Maya arregalou os olhos, parecendo assustada com a simples ideia. A mãe acariciou o seu rosto de leve com as garras, ajeitando os pelos finos e castanhos.

— Mas isso ainda vai demorar, pequena, ainda vamos aproveitar muitos momentos juntas. Vamos voar de volta para casa?

O Povo-Morcego tinha o direito de entrar pelos céus de Shangri-lá, assim como o Povo-Águia. Não abusavam disso, mas aquele era um dia de se fazer concessões. Assim, estariam em casa mais cedo e encontrariam Íbis. Ela mal podia esperar para desabafar com o companheiro, que estaria chegando de um turno de vigia daquelas mesmas muralhas.

— Vamos, mas antes... — Maya recolheu as asas caídas. — Quero levar as asas da borboleta para um último voo, posso?

A mãe só sorriu e esticou as grandes asas. Maya abraçou-a, já acostumada a acompanhar sua mãe, na expectativa de sentir o vento no rosto e de imaginar como seria quando ela mesma pudesse voar. Tinha já esquecido, pelo momento, da conversa. Porém, no coração, a mãe carregava a certeza de que ela lembraria quando fosse necessário.

"Nem todos os habitantes da cidade das Altas Torres moram dentro de suas muralhas. As lontras, por exemplo, vivem no pequeno Alagadiço Estranho, na estrada que sai do portão das Águas. E há também uma miríade de insetos e outras criaturas menores que ratos — esses são a menor espécie a habitar o núcleo urbano principal — convivendo entre si nos arredores da cidade.

Por melhores que as feras de Shangri-lá sejam, todo o cuidado seria pouco para que as imensas patas de um hipogrifo não esmagassem um pequeno besouro enquanto ambos estivessem fazendo seus afazeres diários, como é provado pelo incrivelmente alto número de ratos que morrem esmagados por acidente dentro das muralhas. Foi uma decisão própria desses animais, acompanhada até mesmo por alguns ratos, chamados de "ratos do campo" por seus parentes urbanizados.

Quando se para e escuta o que esses pequenos seres têm a dizer — tarefa dificultada por serem poucos a falar a língua franca dos animais — descobre-se que eles acham muito bom viver assim, na proteção da cidade, sem viver dentro dela e tendo que dividir espaço com criaturas tão desajeitadas. O único porém seria o infindável hábito dos cidadãos de usarem seus espaços de convivência, como as plantações de jardim, como salas de aula para lições de vida."

Do Atlas Ageográfico de Lugares Imaginados

Dos privilégios da primavera

Era o primeiro dia de Primavera e ele não ia perder tempo. Mosti estava de folga em seu serviço de inspecionar as muralhas de Shangri-lá, pedido feito meses antes. Estava ansioso.

O pequeno musaranho correu pelos cantos da cidade, evitando os cascos e patas de seres muito maiores que ele. Normalmente, os animais pequenos atravessavam por caminhos especialmente preparados, mas a pressa o fez se arriscar. Um minotauro quase pisou no seu rabo comprido, e pediu desculpas ao perceber. Mosti não parou, murmurando um "tudo bem", guinchado e já sem fôlego.

O sol nasceria em breve e ele queria ser... IRIA ser o primeiro a ver os Campos de Luz no primeiro dia de Primavera. O portão só se abria com o primeiro raio de luz, mas isso não era problema para quem, como ele, conhecia todas as frestas e cantos da cidade.

Passou por uma rachadura minúscula, espremendo-se todo com dificuldade, e respirou aliviado o ar puro e fresco que antecedia a alvorada.

Deu mais uma corrida, dessa vez sem se preocupar com outros animais. Faltava pouco, o laranja tingia o horizonte, mas ele conseguiu.

O silêncio só era quebrado pelo vento do amanhecer nas folhas dos dentes-de-leão, a flor tradicional da cidade das feras. Aquele trecho só tinha dentes-de-leão, acres e mais acres ainda em botão, esperando o momento exato, o primeiro raio que daria início à estação das flores.

Quando o sol finalmente apareceu, as flores se abriram, milhares delas em flocos brancos preenchendo a paisagem à sua frente.

Com um grito de alegria, Mosti jogou-se sobre elas. Ao longe, podia ouvir outros animais se aproximando. Mas, naquele ano, ele foi o primeiro a ver as flores de Shangri-lá.

"Há uma pequena e amigável disputa entre os habitantes de Shangri-lá, principalmente entre aqueles menores e mais frágeis, sobre quem verá as primeiras flores da primavera. Os bichos menores e mais rápidos frequentemente ganham.

Diz a lenda que um minotauro uma vez ganhou, o que rendeu uma grande reclamação dos seres menores, indignados pela audácia da grande criatura. Desde então, o privilégio de poder assistir ao desabrochar da estação ficou reservado a todos aqueles menores que o palmo do rei-quimera."

Do Atlas Ageográfico de Lugares Imaginados

Aprendendo a voar

*"A soul in tension that's learning to fly
Condition grounded but determined to try
Can't keep my eyes from the circling skies
Tongue-tied and twisted just an earth-bound misfit"*
Learning to fly, Pink Floyd

A cidade de Shangri-lá amanhecia dourada ao longe, sob raios fugidios de um sol violeta, escondido entre grossas nuvens que prometiam chuva. Íbis suspirou. Não gostava de estar longe dos telhados e paredes que conhecia desde que nascera. Mas parte do dever de ser o Capitão da Guarda Interna era escolher dentre os voluntários para o serviço aqueles que poderiam prosseguir no treinamento. Era uma tarefa desagradável em vários aspectos. Primeiro, ele tinha que deixar os muros que eram a sua responsabilidade, a sua moradia e a sua vida. Depois, tinha que destruir o sonho de vários jovens do seu próprio povo e mandá-los de volta. E para finalizar, tinha que cometer a última crueldade, o teste que definia o lugar daqueles jovens na hierarquia militar da cidade.

O seu discurso estava pronto e ele andava de um lado para o outro na beira do penhasco, passando a garra nos pelos curtos no topo de sua cabeça. Fazia questão de recebê-los com palavras duras e feições severas para deixar claro a eles que não seria fácil. Muitos desistiam naquele primeiro momento, o que era um alívio. Quantos mais desistissem, melhor para ele. Menos futuros seriam postos em suas mãos.

Ouviu a algazarra costumeira do grupo que se aproximava. Tão felizes, tão despreocupados... Ele duvidava que tivesse sido tão jovem assim, mesmo na idade deles. Respirou fundo e virou-se.

As palavras tão bem ensaiadas fugiram de sua boca como se perseguidas por demônios. Entre as fileiras de jovens que se aproximavam, havia um rosto que não deveria estar ali. Maya, a sua filha, tinha prometido que não iria escolher a carreira militar. Tinha prometido que naquele dia, o Dia da Escolha, ela se juntaria a Mowgli, seu amigo, e se apresentaria ao treinamento dos viajantes.

E ele tinha jurado à sua esposa, em seu leito de morte, que jamais colocaria a sua filha em risco. Suas palavras foram os últimos sons que Anaya escutara e isto as tornava ainda mais valiosas.

Maya desviou o olhar. Sabia que estava errada, pelo menos isso.

— Caros recrutas. Sei que é fora do protocolo, mas antes de continuarmos, preciso de um momento a sós com uma de vocês. — Imediatamente, os demais deram um passo para trás, isolando Maya. Íbis continuou sério, mas por dentro sorriu. O olhar indignado da filha para seus colegas dizia que ela esperava um pouco mais de lealdade. Só que ele era o Capitão da Guarda Interna, o homem-morcego mais temido e conhecido da cidade. E sua reputação era merecida.

— Não comece, pai. Sou adulta pelas leis de Shangri-lá e posso decidir muito bem que profissão vou seguir — ela o olhou, desafiadora. Maya era quase uma cabeça mais baixa que ele, só que nunca se intimidara. Puxara a mãe nisso e em muitas outras coisas.

— Você prometeu — ele manteve a voz neutra, controlando a vontade de sacudi-la pelos ombros.

— Prometi. E quantas promessas você já quebrou, pai? — ela cuspia a palavra 'pai' como se fosse uma ofensa.

"Muitas. Muitas mesmo. Mais do que você pode imaginar, mas não vou quebrar a última que fiz à sua mãe". Ele não respondeu isso em voz alta, preferindo ficar em silêncio.

— Foi o que eu imaginei — ela virou de costas, olhando para os demais voluntários que estavam agrupados esperando, provavelmente cochichando sobre o que estava acontecendo. — Tenho esse direito, Íbis. É a lei.

— Isso é por causa daquele minotauro que me falaram, não é? — no mesmo instante em que falou, se arrependeu. Tinha prometido a si mesmo que não tocaria naquele assunto com ela, que não daria ouvidos às fofocas e que a deixaria em paz.

Mais uma para a lista das promessas não cumpridas do Capitão da Guarda. Ele sorriu com ironia, contente por Maya continuar de costas para ele.

— Não, Íbis. — Ela ajeitou os ombros enquanto falava, o tom deixando o nome soar como uma ofensa. — Não tem nada a ver com Lars. Tem a ver comigo e com o que eu quero para a minha vida.

— Meu problema com essa situação é diferente, filha. — Ela se virou para olhá-lo, uma expressão de dúvida no rosto, os lábios repuxados mostrando os dentes afiados. — Você sabe que...

Ela o cortou com um gesto brusco da asa.

— Sei, pai, sei de muitas coisas. Sei que terei que cumprir meu papel algum dia e ter filhos. E que preciso escolher uma função para ajudar na manutenção da cidade. Confirmei ontem que daqui a cinco anos irei estar disponível para o Programa de Reprodução. E escolhi uma função — ela falou com raiva, despejando as palavras. — Não só eu, aliás, já que existem outros recrutas que querem ouvir você, Íbis.

Sem esperar resposta, afastou-se. O homem-morcego segurou um suspiro e a seguiu, desanimado.

Sim, os outros recrutas estavam ávidos para escutar as palavras de Íbis. A lenda do Capitão da Guarda, que derrotara espiões do Império, que chegara a matar alguns milhares que tentaram invadir a cidade abrindo um buraco nas defesas mágicas dos Penhascos, que perdera a esposa envenenada pelos seus inimigos, era ainda maior do que a figura imponente de pelo escuro e garras afiadas. Ele costumava se aproveitar daquele efeito para aterrorizar os voluntários, desestimulá-los, mas a presença de Maya tirou o seu vigor, a sua vontade.

Falou o discurso ensaiado de forma automática, sem colocar o peso da sua voz. E mesmo assim, teve toda a atenção deles, os olhos arregalados e surpresos. Seria um longo dia.

Depois da explicação, seus ajudantes serviram um lanche de carne crua e insetos para os voluntários. Íbis tinha deixado Maya de lado, sem mais se manifestar. Porém, se aparentemente tinha se conformado, por dentro sua fúria continuava borbulhando. Observava-a enquanto interagia com os outros jovens, sempre pensando em como fazer para retirá-la da seleção.

Poderia trapacear, usar o seu conhecimento dos testes aplicados para fazê-la fracassar, mas era honesto demais para isso. Iria aplicar os testes, iria separá-los em grupos e escolher os mais adequados à vida militar e depois dividi-los entre a Guarda Interna e a Externa.

Enquanto isso, oraria aos poucos deuses em que ainda acreditava para que Maya desistisse ou reprovasse.

Sentiu os olhos de Maya sobre si o tempo todo em que dividiu os vinte jovens em quatro grupos. O primeiro era composto daqueles que ele julgava serem os menos capazes de passar no teste — e incluía a filha.

O primeiro teste era o mais difícil e eles se apresentaram em uma fila. A primeira jovem era menor do que Maya, parecendo ser nova demais para estar ali. Ele aproximou-se, em silêncio.

— E quem é você, criança?

— Ninguém importante, senhor. — Ele sabia qual seria a história que ela contaria se pudesse. Uma filha dos cantos obscuros, alguém sem pai ou mãe para criá-la, perdidos na guerra sem fim. Mas tudo mudara. Ela fora escolhida, dentre todos os filhotes do ninho que habitara. Por isso, amanhecia tão distante de casa, em companhia de um dos seres mais perigosos do mundo. Por um momento, Íbis lembrou de Maya e do que ela seria, se o destino tivesse sido menos gentil com ele. Sentiu o olhar dela pesando sobre suas costas e sua voz ficou mais gentil.

— Não é tão difícil, criança.

— É fácil falar quando se voa há três décadas — a voz queria soar arrogante, mas ele conseguiu ouvir o medo escondido ali. Ele conhecia aquela sensação, de preferir morrer ali a se despedaçar nas pedras agudas do vale abaixo.

Deu uma risada curta e seca.

— Também comecei caindo, criança. Sobrevivi. A queda é só o começo.

— E se for o fim?

Ele estalou o pescoço e esticou as asas.

— Se for, acaba antes mesmo de iniciar. Não há volta e sabe disso, Mareen. Você escolheu estar aqui — Íbis terminou a frase e a olhou nos olhos, esperando a reação. Ele sempre sabia o nome de todos eles, todas aquelas crianças dispostas a morrer por Shangri-lá.

Os olhos dela se arregalaram, surpresos e amedrontados. Havia uma lenda entre os jovens voluntários que dizia que se o homem-morcego conhecesse seu nome quando você estivesse na beira do abismo, não havia retorno.

Isso lhe deu coragem. Ela deu mais um passo para a borda. O vento trazia cheiros distantes: flores, terra molhada e a acidez de um pântano. Íbis também se adiantou.

— O sol vai se pôr em breve, criança. Você deve correr e saltar. Suas asas saberão o que fazer. — Íbis deu o exemplo, jogando-se sem hesitar, as asas imensas o impulsionando. Voar era proibido, dom reservado a quem tinha o dever de proteger. Por isso, em Shangri-

-lá os animais de asas viviam e morriam sem aprender. Só quem tinha coragem e se submetia ao teste, sendo aprovado, tinha esse direito.

E ela queria isso. Íbis sabia enquanto planava próximo ao penhasco.

Mareen correu, dando impulso, e saltou sem pensar. Íbis sorriu, lembrando das sensações do seu primeiro salto, ali, naquele mesmo lugar, tantos anos antes. O vento passando por seus pelos, assobiando. A cabeça puxada para trás e a força que o aproximava do chão cantando a sua morte certa. As pedras afiadas acenando a promessa da dor certa.

Viu quando ela abriu as asas, para enfrentar seu destino de peito aberto e olhos cerrados. E finalmente deixou-se sorrir quando ela bateu asas e planou, navegando as correntes de vento, afastando-se do paredão rochoso, ainda com olhos fechados.

— Abra os olhos, Mareen. Você conseguiu.

Ela fez o que ele falou e guinchou de alegria, respondendo ao sorriso que viu no rosto de Íbis. Tomou coragem e afastou-se ainda mais, voando em plena comunhão com o céu ao seu redor. O capitão ficou satisfeito. Era raro que justamente o primeiro a pular conseguisse, geralmente ele tinha que resgatá-los. Sim, porque por mais que as histórias e os boatos dissessem o contrário, nunca nenhum deles havia morrido no teste.

Voltaram para a beira do penhasco, a jovem visivelmente satisfeita com o seu resultado. Os demais os observavam, intrigados e empolgados com o resultado. Todos, menos uma. Maya encarava o pai com uma expressão indecifrável no rosto.

— Bem — e ele voltou a assumir a postura de Capitão. — Quem é o próximo?

Ele realmente não ficou surpreso quando Maya se adiantou.

— Eu.

Não respondeu em palavras, apenas abaixou a cabeça e indicou que o acompanhasse. Pararam na borda do penhasco, ainda em silêncio. Nenhum dos dois fez qualquer outro movimento por alguns minutos.

— Você pode desistir — Íbis falou de repente. Ela o encarou novamente, apertando ainda mais os olhinhos miúdos como se estivesse pensando.

— Você quer que eu desista, pai? — pela primeira vez desde que a mãe dela morrera, a palavra não saiu como uma ofensa.

Por segundos rápidos, a pergunta ficou suspensa entre os dois, refletindo os anos de afastamento, a dor da perda em comum e os poucos momentos de alegria da família que eles destruíram quando perderam Anaya para uma febre. Mas Íbis retomou a conversa depois de respirar fundo.

— Eu quero que você saiba o que está fazendo, Maya. E que não se arrependa da sua decisão. Independentemente do que acontecer, prometo que nunca a deixarei sozinha — disse palavras para compensar o que ele não podia dizer. Ele queria que ela fosse feliz, do jeito que fosse possível vivendo numa cidade eternamente no limiar de uma guerra.

Maya sorriu, os dentes afiados brilhando na luz do sol e se arremessou, sem hesitar mais. Íbis se jogou atrás dela, mas antes mesmo que a alcançasse, ela já se erguia, batendo asas e rindo, o som enchendo um vazio na alma do Capitão que nem ele mesmo sabia que existia.

Naquela tarde, todos os recrutas passaram no teste.

"Os tempos belicosos mudaram a configuração de Shangri-lá. Um aspecto mudado foi o da ocupação dos penhascos que a rodeiam. De lugar familiar e de união, virou centro de treinamento de combate. Todo o jovem do Povo-Morcego que estivesse disposto a arriscar sua vida poderia se apresentar para saber se era capaz de voar — que se tornara algo proibido para quem não estava trabalhando na defesa da cidade. Muitas histórias eram contadas sobre jovens que se descobriam incapazes de voar só depois de serem arremessados pelos instrutores, mas nunca ninguém conhecia uma vítima dessa crueldade.

Só quando Íbis, capitão da Guarda Interna no fim do reinado de Gilgamesh IV, assumiu o posto de treinamento, é que esses rumores acabaram. O próprio capitão fez questão de esclarecer que soldados incapazes de voar ficavam acomodados nas escarpas para eventuais resgates.

Mas nunca foram necessários, pois todo o jovem morcego que criava coragem de abrir as asas e se jogar, conseguia voar."

Do Atlas Ageográfico de Lugares Imaginados

Do amor
e de outras diferenças

Bato palmas na frente da casa de Jaciara, a onça-pintada que mora no quarteirão dos minotauros. Quem me atende é Mowgli, o estranho filhote de humano que ela adotou.

— Oi, Lars. — Ele me olha desconfiado por debaixo do estranho tufo de pelo que tem na cabeça e sorrio de volta. Funciona só um pouco. — Minha mãe está no quintal, pegando sol. Vou ao mercado comprar frutas, quer alguma coisa?

— Não, obrigado. — Acena com a cabeça e se vai, bamboleando do jeito desengonçado dos humanos. É por causa dele que Jaciara não mora entre as onças. Os predadores jamais aceitariam um filhote humano entre eles. Os anciões dos minotauros os acolheram quando todo o resto de Shangri-lá recusou-se a aceitá-los. Freya, a mais velha e sábia entre eles, lembrou a todos que nossa cidade começou banhada em sangue por causa da intolerância e que só se ergueu quando acolheu a todos que a procuravam.

Entro com cuidado para não derrubar nada e não marcar o teto baixo com a ponta dos chifres. No quintal, que é maior que a parte coberta da casa, a onça está deitada em um tronco, os olhos fechados.

— Lars. Bom dia. — Ela me saúda sem se mover.

— Jaciara. Eu vim... perguntar se você está precisando de alguma coisa. — Ela levanta a cabeça e me encara antes de se espreguiçar e pular do tronco.

— Você mente mal demais, Lars. Não deveria nem tentar.

Baixo os olhos envergonhado. Mas ela não insiste e diz o que eu vim perguntar, mesmo que não tenha tido coragem para dizer as palavras necessárias.

— Maya conseguiu. Vai fazer o treinamento.

Não consigo evitar o sorriso. É exatamente o que ela queria. Sou arrancado da minha satisfação pelo peso da onça em meu peito, me derrubando no chão. Os dentes afiados estão a centímetros do meu rosto.

— Pare com isso enquanto é tempo, Lars. Nada de bom vai vir disso.

— Não tenho medo de Íbis. — Tento tirar a fera de cima de mim, sem sucesso. Ela fica naquela posição por mais alguns segundos, antes de descer. Fixa seu olhar em mim enquanto me levanto.

— Não é dele que você precisa ter medo. Íbis, por mais teimoso que seja, quer o bem de Maya. O problema é o resto da cidade...

Sei exatamente do que ela está falando. Ela passou por isso, ainda passa. Estamos todos juntos, desde que não nos misturemos. Minotauros não se relacionam com o Povo-Morcego. Onças não criam filhotes de humanos.

— Ela vai vir jantar comigo hoje. — Jaciara continua me encarando. Eu paro e a encaro de volta, esperando para saber o que ela pretende com aquilo. Depois de um suspiro longo e miado, ela continua. — Você pode vir também.

Passo o resto do dia trabalhando nos campos, mas sem pensar em mais nada. Saio mais cedo, passo no rio para tirar a sujeira e espero ansioso o anoitecer.

Preciso pensar no que vou dizer. Tinha prometido a mim mesmo que só falaria com Maya depois do teste. Não queria atrapalhá-la. Só que sou um minotauro, sou bronco, trabalho no campo, puxando arado e revirando pedras. Não tenho delicadeza para tratar de assuntos mais sutis.

E Maya merece muito mais que eu. É filha de dois grandes heróis da cidade. Sua mãe morreu bravamente para impedir o avanço do exército humano. Seu pai é o responsável por manter-nos a salvo de ladrões e salteadores. Das famílias do Povo-Morcego, nenhuma é tão respeitada.

Provavelmente, ela nem vai olhar para mim depois de hoje. Mas eu preciso falar.

Mowgli me recebe com um sorriso debochado no rosto. Dessa vez quem não responde sou eu. Posso escutar a voz de Maya, rindo enquanto conversa com Jaciara.

— Oi, Maya.

Ela responde com um sorriso.

— Lars! Jaci tinha falado que você talvez aparecesse.

— Chamei ele para comemorar conosco. — O sorriso de Maya cresce ainda mais e eu não consigo fazer nada além de sorrir de volta.

— Já está sabendo, então?

Aceno com a cabeça, incapaz de responder em palavras. Aproximo-me para ajudá-las a preparar o jantar. Frutas para Mowgli e para mim, carne crua picada para Maya e Jaciara. Uma combinação rara em Shangri-lá, mas que me parece muito certa.

A noite passa tranquila. No final, mesmo Maya podendo voar e morando bem longe do quarteirão dos minotauros, me ofereço para acompanhá-la até em casa. Mowgli e Jaciara riem, sem disfarçar, mas Maya ignora-os.

A lua está quase cheia e é uma noite quente de primavera. Andamos alguns passos em silêncio.

— Maya...

— Lars...

Falamos juntos e caímos na risada. Indico que ela deve falar primeiro.

— No teste — ela se abraça com as asas compridas — meu pai falou sobre nós. Estão comentando pela cidade.

É o que eu sempre temi, desde que percebi que gosto de Maya mais do que como uma amiga. Shangri-lá vê com péssimos olhos qualquer ameaça de interação indevida entre espécies. É o costume.

Mas tenho que arriscar.

— Já falaram comigo também — o que é verdade. Jaciara mesmo falou sobre isso hoje. — E não sei quanto a você, Maya, mas de minha parte eles têm razão.

Ela para e me olha, assustada. Pisca os olhos miúdos, nervosa.

— Você acha que eles estão certos? — A voz está trêmula.

— Sim, afinal...

— Você acha errado então? Ah, Lars, desculpe! Eu entendi, achei que... não importa. Eu preciso ir.

Ela não me dá sequer chance de consertar. Estende as asas e sai voando, se perdendo na noite enluarada, me deixando totalmente perdido.

Passei duas semanas sem ter notícias de Maya. Evito sequer passar na frente da casa de Jaciara. A onça, pouco sutilmente, rosnou para mim quando fui lá perguntar sobre Maya e ameaçou arrancar meus chifres e palitar os dentes com eles.

O pior é que não duvido de que ela seja capaz disso. Me arrasto pelo campo, o sol do verão que acaba de chegar queimando as costas. A sensação não é ruim, é melhor do que o aperto que sinto no coração.

Uma sombra passa entre o sol e ergo os olhos. Ao longe, vejo a silhueta de alguém do Povo-Morcego que desce lentamente. Meu coração fica cheio de esperança até que consigo distinguir quem é.

Não é Maya. É Íbis. E sei que disse a Jaciara que não sentia medo dele, mas menti. Não há quem não tenha medo dele. Só não gosto de demonstrar. Ele para bem na minha frente, deixando bem claro que está ali para falar comigo.

— Minotauro.

— Capitão. — Abaixo a cabeça e volto a trabalhar.

— Você precisa conversar com Maya. — Eu realmente não esperava ouvir isso e levanto os olhos, surpreso.

— Do que você está falando? — Ele está parado na minha frente, olhos fixos em mim, asas largadas ao seu lado.

— Jaciara disse que você gosta dela.

— Você deveria ser contra isso. — Íbis dá de ombros, sacudindo as asas.

— Fale com ela. Ela estará terminando um treinamento hoje, ali nos Penhascos — ele aponta para o horizonte e antes que eu me recupere, sai voando. Em um último guincho, avisa. — Nunca estive aqui.

O anoitecer tinge o céu de laranja. Jovens morcegos estão pousando no campo à minha frente, no pé do penhasco. Maya está entre eles e sorri quando me vê, mesmo que por pouco tempo.

— Olá, Lars.

Não respondo em palavras. Vou até ela e a abraço forte. Sou um minotauro, sou péssimo com palavras. Maya fica surpresa, mas depois corresponde, me envolvendo com suas asas. Os demais nos olham, espantados, mas logo desviam os olhos e se afastam.

A noite cai, a brisa quente nos envolve e tenho certeza de que Maya me entendeu. É isso que preciso. O resto de Shangri-lá pode continuar não entendendo.

"Um dos maiores problemas de Shangri-lá é a relutância de seus povos em aceitar mudanças. Por exemplo, séculos e séculos depois da fundação da cidade, ainda se chamam de 'povos', sem se considerar uma unidade, e são completamente contrários a misturar as habitações. Morcegos vivem em um lugar determinado, minotauros em outro, roedores tem seu próprio bairro.

Apesar de relações de amizade serem comuns e incentivadas, relacionamentos amorosos entre espécies diferentes são tabu. Uma antiga lenda fala sobre uma filha de Gilgamesh I que se apaixonou por uma sacerdotisa do Povo-Macaco, obrigando o rei a expulsar as duas da cidade.

Os poucos que se atrevem disfarçam como podem, encontrando-se às escondidas em casas de amigos. Porém, quando a população da cidade soube que Maya, filha de Íbis do Povo-Morcego, e Lars, o minotauro, estavam juntos, começou a rever esses preconceitos. Ambos eram bem-vistos e queridos por todos os povos e espécies.

E quando começou a circular o boato de que o próprio Íbis não era contrário, ninguém ousou manifestar-se contra aquele romance."

Do Atlas Ageográfico de Lugares Imaginados

Pais e filhas

"É preciso amar as pessoas
Como se não houvesse amanhã."
Pais e filhos – Legião Urbana

O sol estava quase se pondo e as comemorações do Último Dia do Ciclo iriam começar em breve. Lori corria o mais rápido que as patas curtas permitiam, ansioso. Tinha juntado conchas por semanas, buscando as mais bonitas e especiais no fundo do rio. Finalmente iria conseguir comprar o presente ideal para Karia, mas precisava chegar a tempo na barraca do artesão.

O problema todo era esse. O rio onde trabalhava ficava do outro lado de Shangri-lá. Tinha pedido ao seu supervisor para que o liberasse mais cedo, só que o manati mal o olhou antes de responder negativamente. Em compensação, na sua última hora de trabalho dragando o fundo do rio tinha encontrado a concha mais bonita de todas, em um tom rosado maravilhoso, que certamente iria agradar o artesão a quem encomendara o colar.

Por causa disso o pequeno lontra corria desesperado pelas vielas estreitas do bairro dos roedores de Shangri-lá. Ia conseguir. Dava tempo. Waiko, o artesão do Povo-Macaco, iria esperar até o sol sumir completamente.

Virou uma esquina sem prestar muita atenção e quase morreu de susto. Dois soldados do Povo-Morcego estavam no meio da rua, encarando-se, bem por onde ele deveria passar para chegar ao mercado. Não havia ninguém por perto, pois os pequenos da Cidade das Feras sabiam muito bem que não deviam se meter na briga das criaturas maiores. Lori se encolheu e olhou ao seu redor, procurando onde se esconder, uma porta, uma janela, um buraco que pudesse alcançar sem chamar a atenção dos dois.

O sol ficava cada vez mais avermelhado e ele podia sentir os olhos queimando de tristeza. Respirou fundo. Iria conseguir. Aquele era o dia ideal para entregar um presente para a sua parceira, que iria lhe dar um herdeiro em breve. Ia chegar a tempo. Os morcegos iam sair dali, só precisava ter paciência. E esperar.

Tão concentrado estava que se sobressaltou quando ouviu a voz do morcego mais alto.

— Então, você está de serviço de guarda esta noite, Maya.

— Sim — a jovem respondeu com raiva. Por causa do nome, Lori soube quem eles eram, pois eram poucos os do Povo-Morcego em Shangri-lá e só uma chamava-se Maya: a filha de Íbis, o capitão da Guarda Externa. Se o que ouvira nas conversas do mercado e nos intervalos do trabalho fosse verdade, era capaz de não conseguir chegar no mercado a tempo.

— Ouvi dizer que você não está mais morando na Casa da Guarda... — Lori sempre ouviu os outros habitantes falarem de Íbis em sussurros, com medo e admiração. Ele nunca tinha compreendido por que agiam assim. Porém, naquele momento, entendeu o motivo, pois quis se encolher e chorar ao ouvir o tom de voz do homem-morcego.

— Não, não estou...

Ela foi interrompida pelo pai.

— Você está morando com o minotauro, Maya? — Lori viu que Maya estremeceu com a pergunta, mesmo mantendo a cabeça erguida e firme.

— Não, pai. Estou morando com Jaciara... que mora perto dele.

Íbis jogou as asas para trás, o deslocamento de ar quase derrubando Lori.

— Jaciara? A onça capitã da Patrulha? Ela era amiga de sua mãe! Como ela pode...

— Por isso mesmo, pai! — Íbis tinha mantido o tom de voz, mas Maya perdera a paciência e passara a gritar. — Ela era amiga da minha mãe! Agora é minha amiga! Ela se importa comigo e não com que os outros vão pensar, com os costumes ou as tradições! Agora, me deixe! O sol está se pondo e eu preciso ir.

Sem olhar de novo para o soldado, a guarda bateu as longas asas negras e saiu voando. Lori tremia, encolhido em um canto.

— Eu... só queria desejar um bom Novo Ciclo. Dizer que não me importo com Lars e perguntar se podíamos ver os fogos juntos nas muralhas — o homem-morcego falou, os olhos fixos na figura que se afastava. Suspirou. — Você pode sair daí, lontra.

Demorou alguns segundos para que Lori entendesse que Íbis estava falando com ele. Saiu devagar do cantinho onde tinha ficado.

— Senhorcapitãosenhor, desculpemaseuestavaindoparaomercado, minhacompanheiraestáesperandonossoprimeirofilhote... oartesãoseparouumcolarparamimespecial, sabe, eeujunteiasconchasmaisbonitasparatrocar, masomercadovaifecharnopordosoleagoranãodámaistempo...

Quando parou para respirar, o homem-morcego o encarou por alguns segundos, piscando os olhos miúdos e escuros, antes de, com um movimento rápido da pata esquerda, o agarrar e sair voando.

Lori deu um grito agudo e fechou os olhos, apavorado ao ver o chão se afastando.

— Senhorcapitãosenhordesculpe, eunãoqueria, nãocontoparaninguém... senhorporfavor, minhaparceira...

— Por favor, criatura, pare de guinchar e abra os olhos. Estamos no mercado. Creio que esteja procurando por Waiko, não?

Para a imensa surpresa de Lori, estavam na frente da tenda do artesão, que os olhava intrigados, a cabeça inclinada.

— Capitão Íbis... e Lori. Bom fim de tarde, eu já estava fechando para as celebrações.

— Imaginei. Mas o que o pequeno tem a resolver será rápido. O presente dele está separado, creio?

Sem entender nada, Waiko assentiu e pegou um pequeno embrulho.

— Eu iria levá-lo a sua toca, Lori, se você não chegasse a tempo. Mas iria estragar a surpresa... — e sorriu quando o lontra, quase sem acreditar, pegou o embrulho com a boca. Ficando em pé nas patas traseiras, Lori buscou a pequena bolsa com as conchas.

— O que você está fazendo? — Íbis perguntou.

Tentou responder, sem conseguir por causa do embrulho. Ficou nervoso e a bolsa não abria. O homem-morcego fez um sinal para Waiko, que gentilmente colocou sua pata imensa em cima das patas miudinhas do lontra.

— O capitão vai pagar para você, Lori...

— Mas... Mas... — Com o susto, Lori deixou o embrulho cair. Estava com a bolsa nas mãos e ficou olhando do macaco para o morcego, que sorriu, mostrando os dentes afiados. Mais cedo, Lori teria ficado apavorado. Naquele momento, sorriu de volta.

— Eu tinha dado um adiantamento para Waiko para vir pegar um presente hoje... mas não vou precisar. Guarde as conchas para depois, quem sabe para trocar por um presente para sua herdeira. Agora — pegou o embrulho e o entregou ao pequeno atônito. — Vá.

Lori obedeceu, coraçãozinho aos pulos, mas não tinha se afastado cinco metros quando voltou, abriu a bolsa e tirou a última concha, a mais bonita, e a colocou na mão de Íbis.

— Senhorcapitãosenhor... obrigado. Fique com a concha mais bonita. Quem sabe... a sua herdeira goste.

Antes que Íbis ou Waiko respondessem, saiu correndo, ansioso para estar na segurança da sua toca. Naquele momento, o sol passou por trás dos penhascos que cercavam a cidade, dando início às celebrações.

***

Mais tarde naquela noite, Lori prendeu a delicada gargantilha de nácar e madrepérola no pescoço de Karia, que estava deitada confortavelmente em um monte de palha limpa e macia. Faltava pouco para o nascimento.

— É realmente lindo, Lori. Obrigada. Se for uma fêmea, irei guardá-lo para que ela o use...

— Ah, vai ser sim, com certeza — o lontra esfregou seu focinho no dela, feliz com seu presente, um manto quentinho, para ser usado no seu trajeto até o rio e de volta para casa. — O capitão Íbis me disse.

Karia riu.

— Um homem-morcego falou com você e adivinhou que nosso filhote será fêmea? Não sei o que é mais absurdo...

Lori afastou-se até o buraco de entrada. Logo o céu iria se iluminar com os clarões silenciosos oferecidos pelos feiticeiros do palácio real de Shangri-lá. Olhou para o canto da muralha que era visível de seu quarteirão e viu a silhueta de uma jovem do Povo-Morcego contra a luz do luar. Parecia com Maya, mas na escuridão e a aquela distância não tinha como ter certeza.

Porém, quando viu uma sombra maior chegar e aterrissar ao lado dela, estendendo a mão, teve certeza de que era ela mesmo. E para não se intrometer duas vezes no mesmo dia na vida deles, entrou para ficar com Karia e a respondeu.

— Vamos ver daqui a uns dias se vai ser mesmo absurdo...

E no fundo do seu pequeno e assustadiço coração de lontra, desejou que o Novo Ciclo reaproximasse o Capitão e a sua filha.

"O verdadeiro ponto de encontro de Shangri-lá é a praça do mercado, que está sempre aberta — só encerra suas atividades na noite do Último Dia do Ciclo.

Todo o tipo de mercadoria pode ser encontrado ali: armas e armaduras de vários tamanhos e modelos, adequados a cada uma das muitas espécies de Shangri-lá, alimentos, tecidos, poções, enfeites e móveis. Estranhos que porventura visitem a cidade podem entrar apenas em algumas partes do mercado, para preservar certos segredos que são mantidos hágerações.

É também no mercado que as notícias circulam. Conforme a guerra com o Império foi se adensando, quase todos os habitantes de Shangri-lá tomaram como hábito passar no mercado diariamente para saber sobre as batalhas. A esquadra de rouxinóis-bravos, que antes só espionava, também passou a se encarregar de levar notícias o mais rápido possível para a cidade.

Não era raro que, depois de uma batalha especialmente desastrosa para as feras, que o próprio Gilgamesh IV aparecesse na praça do mercado para lamentar com seus compatriotas e tentar animá-los.

Porém, quando chegou ao mercado a notícia de que o exército humano estava acampado do lado de fora do desfiladeiro que cortava os Penhascos do On-

tem, Gilgamesh IV não apareceu. Desolados e preocupados, os habitantes de Shangri-lá fizeram algo inédito na história da cidade e fecharam suas lojas sem ser na noite do Último Dia do Ciclo.

Poucos deles voltaram para suas casas. A maioria pegou em armas e foi procurar os morcegos e minotauros, soldados e protetores da cidade."

Do Atlas Ageográfico de Lugares Imaginados

Do fim até o começo

— Corra, pequeno! Aqui é perigoso demais!

A mão peluda e quente de um minotauro me empurra, e uma flecha passa assoviando por mim, errando o alvo por pouco. Pisco sem parar, tentando me refazer do susto. O gigante me olha, tentando entender a minha presença no campo de batalha.

— Senhor Lars, desculpe, senhor. O capitão Íbis, foi ele que me mandou vir até aqui, o flanco esquerdo está com dificuldades.

O minotauro sorri para mim e eu devolvo, sem saber do que ele está rindo. Afinal, nada nesta situação horrível é engraçado.

— Se Íbis está usando lontras para mandar recados, é porque a situação está mesmo desesperadora. Vá, pequeno. Saia daqui que não é lugar para você. Vou avisar o pelotão.

Ele não precisa repetir. Saio correndo, o coração na boca e o rosto ardendo de onde a flecha do humano me acertou.

Os humanos não deviam estar aqui, tão próximos da cidade.

Um estrondo faz a terra toda tremer, poeira se levanta e nubla o sol por segundos. Respiro fundo e paro, tentando não me desesperar.

Impossível. Vejo Lars, o minotauro que tinha me salvado, caído no chão, o peito cravejado de flechas.

Grito, com toda a força que consigo juntar.

— O Portão do Sol caiu! O Portão do Sol caiu!

Estou cercado por gritos de dor e fúria, de raiva e horror. Guinchos, urros, rugidos, silvos, rosnados se juntam em um barulho infernal, não consigo entender. São pedidos de socorro e gritos de raiva. Quero vomitar por causa do cheiro de carne queimada e de sangue.

Escorrego numa poça, que eu sei que não é de água. Do meu lado, um macaco decepa o braço de um humano. É a primeira vez que vejo esses seres e meu nojo aumenta ainda mais. Eu não quero ficar aqui, quero voltar para minha casa, pra Karia e nossa pequena Layra, esquecer que a guerra existe.

Eu sou uma lontra, não sei lutar, não sei correr, mal e mal sei fugir. Nunca pensei que fosse precisar lutar. Os penhascos são intransponíveis! São mágicos!

Só que os humanos estão aqui. O sangue está escorrendo pela terra e eles se aproximam cada vez mais de Shangri-lá. Layra e Karia estão lá. E eu aqui fora.

— Lori! O que você está fazendo aqui, criatura? — uma pata forte e pintada derruba um humano que estava quase me matando.

— Jaci... Jaciara... Íbis me mandou avisar que o flanco esquerdo... O que houve?

Não sou brilhante, mas vi como o rosto dela mudou quando falei o nome do homem-morcego. Algo muito ruim aconteceu.

— Maya estava protegendo a entrada do penhasco.

Quero chorar e vomitar e gritar, tudo junto. Depois daquele dia no mercado, tomei coragem e chamei Íbis e Maya para serem padrinhos da pequena. Na minha cabecinha de lontra, isso iria ajudá-los a se reaproximarem. Não funcionou tão bem assim, mas ganhei dois amigos e Layra tinha dois padrinhos maravilhosos.

— Ela... ela morreu, Jaciara?

A onça-pintada, que sempre me tratou bem, me olha como se não me conhecesse.

— Não se preocupe, lontra. Em breve estaremos todos mortos também.

Dou um passo para trás, tentando não escorregar na lama sanguinolenta.

— Preciso ir. Íbis... eu... Tenho que ir.

Acho que ela nem me ouviu, pois já está pulando na direção de outro humano. De repente, estou cercado por eles. Passo pelas pernas de um e escapo por muito pouco da lâmina de outro. Preciso me concentrar. Tudo vai ficar bem. Íbis e a companhia de guardas alados vão resolver tudo. Só preciso chegar no muro interno e avisá-los.

Vou ser um herói. Layra vai ter orgulho de mim. E Jaciara está errada. Claro que está. Maya vai ficar bem, tudo vai ficar bem. Shangri-lá não vai cair. Seria errado, seria contra a natureza das coisas.

Escuto gritos estranhos e uma ave muito grande pousa na minha frente. Ela não se parece com nenhum dos habitantes de Shangri-lá. Só pode ser um corvo, escravizado pelos humanos. Pego uma lança caída do meu lado e avanço!

— Nenhum lacaio sujo vai ficar no meu caminho!

Ele só me olha, como se não me entendesse. Será que até isso tiraram deles? Tento espetá-lo com a lança, mas ele desvia com dois pulinhos. Ataco de novo, mas dessa vez finjo que vou para um lado e vou para outro. Isso confunde a ave e eu a atravesso.

A lança fica presa no corpo penoso que treme umas três vezes antes de ficar imóvel. Tento não vomitar, tento ficar calmo. Estou numa guerra. Pessoas morrem e matam em guerras.

Mas tudo vai ficar bem, Íbis vai resolver tudo. Ele é o melhor dentre nós.

Saio correndo, retomando meu caminho. Desvio dos grupos de lutadores e tento não ser visto pelos humanos. Não olho os rostos nem os corpos. Não quero reconhecer nenhum amigo.

Mas é impossível não ver o artesão Waiko, pendurado em uma árvore, as mãos tão habilidosas cortadas. Layra já usa o colar que ele fez. É uma das coisas preferidas dela. Quando eu voltar para casa, vou contar a ela o pouco que sei sobre o macaco e seu ofício.

Escuto cada vez menos guinchos e silvos e cada vez mais gritos na estranha linguagem dos humanos. E são gritos de triunfo. É por pouco tempo. Íbis vai resolver tudo.

De repente, silêncio.

Me equilibro nas patas traseiras e olho ao meu redor, acho que fiquei surdo, mas não. Todos se calaram porque Gilgamesh IV aparece no campo de batalha.

Sempre evito olhar para o nosso rei porque me dá dor de cabeça ver as mudanças que as quimeras passam. Mas hoje não hesito porque nosso rei veio para lutar por nós.

Uma sombra o sobrevoa. Meu coração pula de alegria e eu solto guinchos triunfantes. É Íbis! Íbis chegou ao campo de batalha também! Com ele e o rei juntos os humanos estão perdidos. A alegria é tanta que chega a doer o peito. Coloco a mão no coração e me espeto.

— Ai.

Olho para baixo e vejo a ponta de metal de uma flecha saindo da minha pele.

— Oh.

Isso vai dar trabalho para os curandeiros. Ainda vou rir muito da cicatriz que vou exibir para Íbis. Porque tudo vai dar certo.

O homem-morcego pousa na frente do nosso rei. Sinto frio, tanto frio. Será que vai chover? Espero que Kaira cubra Layra com meu manto quentinho hoje. Não devo ir pra casa antes de ver os curandeiros.

Acho que vou sentar. Por que estou molhado?

Íbis se aproxima de Gilgamesh. Agora. É agora que tudo vai virar. Que tudo vai dar certo.

Eu estou tão cansado. Vou fechar os olhos só um pouco. Quando os abrir de novo, tudo vai estar resolvido. Layra vai ficar orgulhosa de nós, Íbis.

"As Altas Torres de Shangri-lá, a Cidade das Feras cercada pelos Penhascos do Ontem, vêm do tempo em que a cidade foi fundada. São as construções mais antigas, anteriores em centenas de anos ao resto do centro urbano. É dito que do alto da torre central é possível ver além dos Penhascos, até o fim do mundo, permitindo aos seus defensores vigiarem dia e noite em todas as direções.

As origens das torres se confundem com a fundação da própria cidade. Originalmente, seus habitantes eram uma raça de águias bípedes, autointituladas de 'Povo do Céu', que dominavam o vale circundante e os Penhascos, escravizando o Povo-Macaco, uma raça nômade e gentil que se organizava em tribos lideradas por uma profetisa. Uma revolta dizimou os herdeiros da Senhora do Céu e acabou por unir os dois povos. Aos poucos, a cidade, antes limitada ao conjunto das torres, expandiu-se para o vale ao redor.

A notícia, em um mundo habitado majoritariamente por humanos, de que havia uma cidade comandada e regida por feras e bestas acabou atraindo outros animais conscientes para os seus limites. Os recém-chegados não foram necessariamente bem recebidos, pois os dois povos originais mal tinham se aceitado mutuamente quando começou essa onda migratória.

Com o tempo, todos foram se acostumando. Mais e mais espécies foram se juntando às feras de Shan-

gri-lá. Quanto mais o Império humano se expandia, mais a diversidade da cidade das feras aumentava. E inadvertidamente um humano acabou encontrando o caminho para Shangri-lá, ao ajudar um minotauro que estava ferido. A criatura não sobreviveu e o humano acabou desaparecendo, sem transmitir o conhecimento da localização da cidade.

O isolamento foi auxiliado por uma sangrenta batalha no Porto Imperial, quando surgiu a primeira quimera, Gilgamesh. Ele salvou o pequeno grupo de feras que tentava escapar dos humanos e, impressionados com sua destreza em batalha, o chamaram para governar a cidade, junto com sua esposa, Tiamat.

Começou uma era de ouro. Mais e mais criaturas chegavam, vindas de cidades humanas onde eram tratadas como escravas, aumentando o número de construções e abrigos. Em pouco tempo, as torres viram-se cercadas por habitações variadas, cada uma adaptada ao tipo de criatura que ali morava. A produção de minérios extraídos dos penhascos ao redor, assim como as plantações nos campos — excetuando o trecho em frente à cidade. As criaturas carnívoras, por decreto do Rei Gilgamesh, só podiam caçar fora do vale e deveriam conviver pacificamente com as demais raças.

No começo do reinado de Gilgamesh II, os escribas reais contabilizavam 450 raças diferentes convi-

vendo em Shangri-lá, em um total de 350.000 habitantes fixos. A menor população era a de quimeras, limitadas às cinquenta da família real.

Porém, os humanos além dos penhascos começaram a ter notícias da prosperidade e da riqueza de Shangri-lá. Considerando que os seus habitantes eram pouco mais do que animais, os reis humanos juntaram um exército para exterminar a cidade e escravizar seus cidadãos.

Novamente, os céus e o solo ao redor de Shangri-lá se viram enegrecidos com corpos em luta, porém dessa vez os defensores triunfaram, ao custo da vida de Gilgamesh II. Seu sucessor, Gilgamesh III, instituiu que a cidade deveria ser sempre protegida. Muralhas em níveis foram construídas ao seu redor, e uma Guarda Eterna devia patrulhar os penhascos e além, enquanto dentro da cidade, a Guarda Interna manteria a paz na difícil convivência entre os vizinhos. Os homens-morcegos eram os responsáveis pela segurança externa, os macacos pela interna. As profetisas das antigas tribos foram designadas para servir ao rei e à cidade, avisando-os sobre ataques iminentes e ameaças futuras. Os magos-crocodilos conceberam um encantamento que tornaria as muralhas intransponíveis, à custa da capacidade de defesa dos habitantes da cidade enquanto estivessem dentro de seus limites. A frente da cidade deveria ser mantida livre de construções ou plantações e recebeu o nome de Campos sem Luz, para lembrar as duas grandes batalhas ali travadas pelo domínio de Shangri-lá.

A estratégia do terceiro Rei-Quimera funcionou tão bem que quando seu filho o sucedeu, séculos haviam se passado desde a última incursão humana em território das feras. Muitas criaturas, especialmente aquelas de raças com vidas curtas, já haviam esquecido a ameaça, e mesmo as de vida longa só tinham uma vaga lembrança de um tempo em que a ameaça chegara tão perto de seus lares.

Jardins voltaram a rodear toda a cidade, e as muralhas serviam mais como um elemento de decoração do que propriamente como defesa.

A segurança da cidade era garantida à distância, além dos Penhascos, nas Grandes Guerras de Fronteira, para a qual os Capitães da Guarda Eterna treinavam os jovens recrutados pela Guarda Interna de acordo com visões das sacerdotisas.

O apogeu de Shangri-lá das Altas Torres, Cidade das Feras e Lar das Bestas, foi o começo do reinado de Gilgamesh IV. Sua produção intelectual floresceu, com tratados e ensaios sendo produzidos em uma academia localizada nos dez primeiros níveis da torre mais alta. Vários desses livros podem ser encontra-

dos em Biblos, a Cidade-Biblioteca. Poesias e outras obras menores, como prosas e dramas, também eram produzidas por autores independentes e repetidas em voz alta em praças públicas, não só em Shangri-lá, mas em todas as cidades onde houvessem feras conscientes escravizadas.

No reinado de Gilgamesh IV, Shangri-lá havia se tornado um sonho para bestas e feras em vários lugares, mundos e dimensões. Seus ecos chegavam a lugares distantes e fugidios.

Mas como todos sabem, sonhos terminam. E nem sempre o despertar é tranquilo."

Do Atlas Ageográfico de Lugares Imaginados

A história de Shangri-lá e de Íbis continua no Atlas Ageográfico de Lugares Imaginados.

Anotações

Nessa segunda edição, volto a agradecer primeiro ao meu editor Thiago Tizzot por ter acreditado de novo nesse livro estranho. E a Alba Milena, minha agente, por ter me ajudado a montá-lo.

A história de Shangri-lá me assombra faz um tempo, principalmente seu habitante mais soturno, o homem-morcego Íbis. Este livro é o fim e o começo da história da cidade, e o começo e o fim da história de Íbis, que se prolonga no Atlas Ageográfico de Lugares Imaginados, um romance que fala de outras cidades estranhas.

São histórias curtas, algumas quase vinhetas, mas que falam de uma só narrativa, de uma cidade que começa e termina com guerras, embora sempre tenha buscado a paz.

Sobre a autora

Ana Cristina Rodrigues é escritora, tradutora e historiadora. Apaixonada por livros e por histórias, decidiu dedicar a sua vida a difundir essa paixão. Aficionada pela literatura especulativa, já publicou mais de quarenta contos em revistas e coletâneas no Brasil e no exterior, além de 3 romances e 3 coleções com suas histórias curtas. Como tradutora, teve contato com grandes nomes da literatura, como Isaac Asimov, H. G. Wells, Guy Gavriel Kay e N. K. Jemisin. No momento, tenta conciliar a vida com seu doutorado em História Moderna pela UFF, onde busca as origens da Biblioteca Nacional, e com o nascimento de uma biblioteca comunitária na Vila da Penha, zona norte do Rio de Janeiro. No tempo vago, planeja novas histórias nos universos habitados pelas estranhas criaturas de *Fábulas Ferais* e do *Atlas Ageográfico*.

Este livro foi produzido no Laboratório Gráfico
Arte & Letra, com impressão em risografia e
encadernação manual.